ORIENTAL FANTASY STORY & ADVENTURE

마검왕 16

魔劍王

dream
books
드림북스

마검왕 16 서역(西域)

초판 1쇄 인쇄 / 2014년 8월 11일
초판 1쇄 발행 / 2014년 8월 18일

지은이 / 나민채

발행인 / 오영배
책임편집 / 편집부
펴낸 곳 / (주)삼양출판사 · 드림북스

주소 / 서울특별시 강북구 솔샘로67길 92
대표 전화 / 02-980-2112 팩스 / 02-983-0660
편집부 전화 / 02-980-2116 팩스 / 02-983-8201
블로그 / blog.naver.com/dreambookss

등록번호 / 제9-00046호.
등록일자 / 1999년 3월 11일

ⓒ 나민채, 2014

값 8,000원

ISBN 978-89-542-4909-6 (04810) / 978-89-542-3036-0 (세트)

* 지은이와 협의하에 인지는 생략합니다.
* 잘못된 책은 구입한 곳에서 바꾸어 드립니다.

이 도서의 국립중앙도서관 출판시도서목록(CIP)은 서지정보유통지원시스템홈페이지
(http://seoji.nl.go.kr)와 국가자료공동목록시스템(http://www.nl.go.kr/kolisnet)에서
이용하실 수 있습니다. (CIP제어번호: 2014023424)

魔劍王

마검왕

나민채 퓨전무협 장편소설
ORIENTAL FANTASY STORY & ADVENTURE

16

서역(西域)

dream
books
드림북스

목차

제1장

내가 혈마교주요

―이 몸이 도와줄까?

"필요 없어."

나는 한마디 툭 내뱉으며 하늘로 치솟아 올랐다.

흑천마검을 한 손에 꼬나 쥐었다. 혼신의 힘을 다해 공력을 일 단계 더 끌어 올렸다. 이 자리에서 누구도 벗어나지 못하게 모두를 단숨에 처리하려면, 무조건적인 속전속결이다.

조금이라도 여유를 부렸다가는 계획한 바가 수포로 돌아가리라. 용암 줄기보다 뜨거운 기류가 전신을 감아 돌았다.

내가 뽐을 수 있는 모든 공력을 이번 연격(連擊)에 담는다!

"혈마교주우우우!"

그때, 원혼의 비명 소리 같은 괴이한 목소리가 쩌렁쩌렁 울렸다.

지난 정사대전에서 천운으로 살아남았던 자, 종남파 장문인 진일객.

그가 비룡재천의 수법으로 검을 뻗으며 나를 향해 솟구치고 있었고, 화마식에 참석하고 있던 정화회 일원 모두가 그 뒤를 따르고 있었다.

명왕단천공의 이미지들이 머릿속에서 번쩍거리기 시작했다. 찰나에 수십, 수백 가지의 이미지들이 들어왔다. 이들을 단 일격(一擊)에 섬멸하기 위한 검로(劍路)가 눈앞에 보였다.

휘익.

솟구치던 몸을 꺾자마자 허공에서 전신을 뒤틀었다. 그 순간 어깨 옆으로 매서운 검기가 스치며 지나갔다. 나는 하늘에서 땅을 향해 일직선으로 낙하하는 식이었고, 진일객은 하늘로 솟구치고 있던 식이었으니 우리 둘의 눈빛이 중간에서 맞닿았다.

진일객의 눈빛이 흔들렸다. 그 또한 구파일방의 장문인

이자 정파 무림에서 존경받는 초고수. 조금 전에 그가 다시는 없을 황금 같은 기회를 날렸다는 것을 모를 리가 없었다.

흑천마검으로부터 십(十) 자 형과 같은 붉은 궤적이 허공에 그려지는 그때, 폭발할 기회만 노리고 있던 내 전신의 공력들이 한 번에 분출했다.

검기는 정확히 일백팔 개, 사방에 붉은 검막이 드리워졌다.

"겁……겁먹지 마라……. 환영이다……."

그렇게 중얼거리는 진일객의 입술 움직임이 보였다.

환영은 무슨!

백팔 개의 검기를 뇌락처럼 내리꽂았다. 너무나 빠르고 강력해서 누구도 피할 길이 없었다. 이 자리에 있는 이들 중 가장 강한 고수는 역시 진일객이나, 그 또한 피할 생각은 하지 못하고 검막을 펼쳐 반사적인 방어를 하는 것이 고작이었다.

진일객이 가장 먼저 검기와 충돌했다.

파앙!

"쿨럭."

진일객은 파공음이 나서기 무섭게 각혈을 토했다. 그러고는 지면으로 튕겨져 날아갔다. 그것이 시작이었다. 십일성 공력으로 흑천마검에서 시전 된 명왕단천공은 그 이름같이 하늘을 가를 위력의 검기들을 사정없이 흩뿌렸다.

콰르르르…… 쾅!

진일객조차 검기를 막지 못했는데 다른 자들은 오죽 할까. 태반이 비명조차 지르지 못한 채 비명횡사(非命橫死)하였고, 겨우 목숨을 구한 이들은 진일객처럼 지면 위로 처박혔다.

그래도 진일객을 비롯하여 살아남은 자들은 명문(名門)에서 짧게는 십 년 길게는 오십 년 동안 공력을 쌓고 초식을 수련한 이들다운 면모를 보였다. 쓰러지자마자 바로 일어나려 하고 있었다. 단합하며 반격에 나서겠다는 것인데, 나는 이들에게 아주 조금의 여유도 허용할 생각이 없었다.

검에 사정을 두지 않는다. 사정을 봐줄 만한 가치가 없다, 라고 생각하는 그 순간에도 화형을 당할 뻔한 어린아이들과 노인들이 시선에 들어왔다.

휘릭.

공중제비 돌아서 땅에 내려서자마자 명왕단천공의 이미지대로 검로를 밟았다. 할 수 있는 한 가장 빠른 속도로 명왕단천공을 전개했다.

나는 기계처럼 움직였다. 위협거리는 제거하고. 제거

할 수 없는 것은 피하고. 그래서 목을 긋고 어깨를 베고 허리를 갈랐다.

그때마다 붉은 강기가 따라다녔다.

마검을 움직이면 검봉을 따라서 기다란 호선의 궤적이, 빠르게 달리면 양어깨와 발끝을 따라서 힘찬 직선이 어김없이 허공에 잔존했다. 그래서 일격의 마지막을 끝내고 뒤돌아봤을 때에는 강기의 형상이 거미줄처럼 복잡하게 얽히고 섞여 있었다.

"하아아."

숨을 길게 뱉었다.

언제 그랬냐는 듯 붉은 궤적들이 뿌연 연기처럼 흩어졌다.

탁.

멀리 도망가고 있던 한 녀석을 향해 탄지(彈指)를 쏴 보낸 것을 마지막으로, 정화회 일원 중에 살아남은 녀석은 단 한 명도 없었다.

순간적으로 몸에서 힘이 쫘악 빠져나가는 것을 느꼈다.

한 명도 놓쳐서는 안 되었기에, 단 일격에 모든 것을 담아냈던 탓이었다. 흑천마검과 합일한 것이 아닌, 이렇게 내 본연의 모든 힘을 끝까지 끌어 올렸던 게 언제였는지 가물가물했다.

어쨌든 당장 운기조식의 필요성을 느끼며 멀리서 우두커니 서 있던 단목교령을 손짓해 불렀다. 그녀가 일 초쯤 멍하니 있다가 화들짝 놀라며 뛰어왔다.

심지어는 십시 주민들조차 조용했다.

"부…… 부르셨나요?"

세상에 이런 일이.

그녀는 거의 그런 식으로 사색이 되어 있었다. 단목가의 이십팔숙을 처리했을 때와는 차원이 다른 강도였을 테니까.

"막사에 있는 자들이 여길 올 일이 있느냐?"

"참, 참석할 사람들은 전부 참석했지 않았을…… 까요?"

그녀도 잘 모르는 것 같았다. 막사가 펼쳐진 곳과는 거리가 멀고, 도망친 자가 없어 그쪽에서 사람들이 올 일은 희박했다. 그렇다고 해서 시간을 오래 끌어선 좋을 게 없었다.

"가서 주민들 중 한 명을 뽑아서 내게 데려오거라, 서두르거라."

"예? 예."

호북의 이름난 명문가의 소공녀에서 대마두(大魔頭)의 하수인이 되어 버린 한 여자가 헐레벌떡 뛰어가는 뒷모습을 바라보다, 가부좌를 틀고 앉았다.

빠르고 짧게 소주천을 한 번 돌렸다.

여유가 생기는 대로 텅 비어버린 단전을 다시 채워 넣기로 하고, 단목교령이 데려온 주민을 바라봤다.

사실 단목교령도 미인이었는데 그녀가 데려온 주민은 더 눈에 띄는 미인이었다. 많이 운 탓에 두 눈이 부어 있고 코끝이 벌게져 있어도, 전란 속에 의복이 더럽혀져 있어도 미인은 미인이다.

이쪽 세상이든 저쪽 세상이든 아름다운 사람은 많이 봐왔지만, 특히 그녀처럼 예쁜 입술의 소유자는 설아 다음으로 처음이었다.

촉촉하게 젖은 그 분홍빛 입술이 천천히 열렸다.

"천유양월."

그녀가 내 앞에 무릎을 꿇었다.

"천세만세."

그리고 이마를 땅에 댔다.

"지유본교. 천유본교. 독보염혈. 군림천하. 지상지하. 광명본교. 십시 월호 평교도(平敎徒) 주신아가 전지전능하신 교주님을 뵈옵니다."

주신아는 몸을 부르르 떨고 있었다. 바로 옆에서 아직까지 몸을 떨고 있는 단목교령과는 다른 의미의 떨림이라는 게 온몸에 와 닿았다. 주신아의 떨림은 거의 희열에 가까웠다.

"폐관을 깨고 나오니 모든 게 엉망이다."

"모두 이 미천한 하교(下敎)들의 불찰이옵니다. 벌하여 주시옵소서."

"거마(巨魔)들은 다 무엇을 하고, 너희들이 이런 수모를 겪고 있는가?"

"……."

"평교도인 너희들이 무엇을 알 것이며, 또 무슨 책임이 있겠는가. 모두 몇 명이냐?"

"하교까지 이백하고 열둘이옵니다."

"월호에는 만 명이 넘는 교도들이 있었다. 다 어딜 가고 너희만 여기에 붙잡혀 있던 것이냐?"

"어수룩한 하교들의 불찰이옵니다. 하교들을 벌하여주시옵소서."

"너희를 탓하려는 게 아니다. 그만 고개를 들어라."

"하교가 어찌……."

"들어라."

주신아가 고개를 들었다.

하지만 차마 나를 똑바로 쳐다보지는 못하고 시선을 내리깔고 있었다.

그렇다고 해서 그녀의 완전한 복종은 결코 틀린 게 아니었다. 본교는 상명하복(上命下服)이 강력한 체제이기 때문이거니와, 평교도인 그녀가 교주인 나와 이렇게 마주하리라곤 평상시라면 꿈도 꾸지 못할 일이었다.

"신아."

하교라 부르지 않고 직접 이름을 부르자, 주신아의 그 어여쁜 얼굴이 감격으로 물들었다.

그녀는 빠르게 정신을 차리며 황급히 부복했다.

"하명 하시옵소서."

"교도들과 같이 죽은 이들의 몸에서 병기와 필요한 물품들을 떼어 낸 후에, 시신은 모두 탈 것들 위에 쌓아 두거라. 또한 교도 몇 명을 뽑아 본산에서 오는 길을 감시토록 하거라."

"존명(尊命)."

단목교령에게도 주신아와 교도들을 도와 시신들을 처리하게끔 했다.

"흑웅혈마가 십시 평교도들과 이끌고 본산을 떠났다는 말을 들었다."

덧붙여 주신아에게 몇 가지를 알아와 일을 끝낸 후에 보고하도록 시켰다.

교도들이 분주하게 움직이기 시작한 가운데, 나는 구석

으로 자리를 옮겨 또다시 가부좌를 틀었다. 텅 비어버린 단전을 채우려면 앞으로 삼사 일간은 틈이 나는 대로 꾸준히 운기조식을 해야 할 것 같았다.

으아앙.

어디선가 한 꼬마가 울음소리가 들렸다.

이어서 성인 여성의 울음소리가 들렸다. 아마도 꼬마의 엄마가 아이의 울음을 그치게 하려다 되려 본인도 울음이 터진 것 같았는데, 그 뒤에 노인의 울음소리가 이어졌다.

교도들이 그녀의 아이와 부모를 안고서 엉엉 우는 소리가 들리는데, 괜스레 나까지 콧잔등이 시큼해지고 있었다.

한참 뒤.

주변이 조용해져서 눈을 떴다.

일을 마친 교도들 전부가 내 앞에 부복하고 있었다. 무릎을 꿇은 채로 멀뚱히 나를 바라보고 있던 단목교령은 나와 눈이 마주치자, 황급히 다른 교도들처럼 땅에 이마를 댔다.

나지막하게 단목교령을 불렀다. 교도들 틈에서 어찌할 바를 모르고 있던 단목교령이 움찔거리며 고개를 들었다.

"너는 지금 지휘 막사로 가, 본교의 교도들이 화마식

도중 습격하였다 알려라. 그리고 이 몸, 청자운은 유일하게 생존하여 도주한 교도들을 쫓는다 하여라."

"해독은 어떻게……?"

단목교령이 기어들어 가는 듯한 목소리로 물었다.

뭐?

내가 그런 식으로 눈을 부릅뜨자, 단목교령은 바로 자리에서 일어나 본산 쪽으로 몸을 날렸다. 그녀가 멀리 사라지길 기다렸다가 주신아를 불렀다.

"신아."

"하명하시옵소서."

"내 물은 건 어찌 되었느냐?"

내가 한 마디 한 마디 할 때마다, 교도들의 어깨가 움찔거렸다.

"송구하옵게도 아는 이가 없었사옵니다. 다만 이장로는 모든 평교도들을 집결시켜, 서토(西土)에서 이동을 시작했었사옵니다."

서토는 십시 중 가장 서쪽 끝에 위치한 도시로 본교에서는 서역으로 통하는 관문과도 같은 곳이다.

흑웅혈마가 십시의 그 많은 주민들을 이끌고 갈 곳은 역시 서역밖에 없었을 것이다. 북과 남으로는 가까이에 사람 사는 곳 없는 사막뿐이고, 그렇다고 동쪽에선 그네들을 죽이러 오는 고수들이 밀려오고 있었으니 말이다.

"우리도 서방(西方)으로 향하며 앞서 간 교도들의 흔적을 쫓을 것이다. 다들 병기와 사막을 건널 물품들을 챙겨라. 본교의 십만 교도들과 합류한 후 교지를 수복하고, 희생당한 교도들의 복수를 할 것이다. 다들 서두르거라."

"존명!"

"존명!"

"존명!"

각양각색의 목소리들이 하나로 합쳐져 큰 울림을 냈다.

어린 꼬마는 고사리 같은 두 팔을, 노인은 뼈만 남은 앙상한 두 팔을, 여자들은 가냘픈 두 팔을 뒤통수 위로 올려 주먹을 겹쳤다.

나는 삼매진화로 일으킨 화염을 시신들이 쌓여진 곳에 던졌다.

화르륵!

*   *   *

십시는 본산을 지키는 수문(守門) 역할을 한다. 역으로 말하자면 본산에서 사막으로 나가기 위해서는 무조건 십시 중 한곳을 통해야만 한다는 것이다.

그리고 각 십시에는 사막으로 나가는 비밀 통로가 존재하고 있다. 이를테면 평참의 죽립분진법, 서토의 음양진, 양양의 위령천지가 그렇다.

서방으로 나가는 길로는 아무래도 서토를 통해 나가는 게 가장 빠를 테지만 그 길은 흑웅혈마가 십시 주민들을 대동하고 나간 곳이라, 아무래도 방비가 삼엄할 것 같았다.

가장 편한 길은 대로가 잘 뚫려 있는 북쪽의 양양 이지만, 가장 편한 길이니 만큼 가장 삼엄한 방비가 되어 있을 것이다.

어디든 천라지망의 거대한 그물 안에 묶여 있다면, 그나마 가장 은밀히 움직일 수 있는 곳을 택해야 했다. 그래서 소산을 택했다.

소산은 십시 중 최남단에 있는 도시로 화산만큼이나 험준한 석산(石山) 중턱에 위치하고 있다. 아직 사막으로 도망치지 못해 숨어 있을 곳이 필요하거나, 역습을 위해 잠시 숨을 고르기 위해서라면 십시 중 그곳이 최선이다.

험준한 만큼 은신할 곳이 많고, 소산의 험준한 지형에 익숙한 이라면 지형을 이점 삼아 최고의 방어와 공격을 할 수 있을 게다.

그 소산에서 무공을 익힌 본교의 교도들을 만날 수 있

을 지도 모른다, 라는 생각이 들었다.

그러던 문득 주민들의 상태가 시선에 들어왔다. 며칠을 굶었는지 모두 기력이 없었다. 아이들은 칭얼대다가 혼나고 노인들은 금방이라도 쓰러질 것처럼 비틀거렸다.

지금 그들이 움직일 수 있었던 원동력은 순전히 교주인 나 때문이었다. 나 때문에 정신력으로 버티고 있는 것이지 남아있던 체력은, 화형을 앞둔 절망 속에서 전부 써 버린 것 같았다.

소산까지 거리는 반나절. 그것도 내 걸음 속도로 계산해서지 지금 이 속도라면 꼬박 이틀을 걸어도 부족할 거란 계산이 섰다.

"너희들 중에 무공을 아는 이 있는가?"

서로들 눈치만 볼뿐 대답하는 이가 없었다.

내가 한 번 더 물은 후에야, 주신아가 대답했다. 어릴 적에 아비를 통해 음양검법과 음양심법을 익혔다는 것이다.

본교의 입문무공을 익힌 셈인데 그 성취가 높지는 않아 보였다.

"무공을 익힌 자들은 모두 혈마군으로 동원되었던 것이냐?"

"그러하옵니다."

주신아는 무공이 소교들만큼이나 낮아 동원되지 않았던 모양이다.

　"신아."

　"하문 하시옵소서."

　"너와 교도들은 며칠을 굶었는가?"

　"삼 일간 끼니를 때우지 못하였사옵니다."

　고민에 빠졌다.

　무리하게 이들을 이끌고 가다간 사상자가 발생할 게 불 보듯 뻔했다. 그렇다고 이들을 놓고 식량을 구하러 가기에는, 언제 들이닥칠지 모를 추격대가 불안했다.

　결국 절충안이라고 낸 것은 '이들을 숨긴 다음 내가 최대한 빠르게 움직인다.'였다. 식량이 어디에 있는지는 아니까 그리 많은 시간이 필요하진 않았다.

　치열했던 전투의 흔적들이 아직도 곳곳에 남아 있었다. 시신은 전부 치워 있었지만 거무튀튀하게 굳은 핏자국이 모래에 뿌려져 있었고, 부러진 병장기들은 아직 수거되지 않은 채 버려져 있었다.

　그러던 중 버려진 막사 군락을 발견했다. 총 30여개로 내가 이끌고 있는 주민 이백여 명을 수용하기에 적절해 보였다.

　약 7명씩 조를 사람을 나눠 각 막사로 들어가게 했다.

그런 다음 주신아를 방범으로 세웠다. 비록 입문무공을 초급 수준으로 익힌 것에 불과하지만, 이들 중 무공을 익힌 사람은 그녀가 유일했다.

나는 일부러 사람을 들이지 않은 막사 안으로 들어갔다.

흑천마검을 쥐고 공력을 주입했다.

쏴악!

역시 이쪽 세상은 시간이 흘러가지 않았다. 다시금 시계를 확인한 나는 안심한 후 행동을 서둘렀다.

저택 내부 계단으로 내려가 해안으로 가서 보트를 타는 것이 아니라, 서재 창문을 통해 저택 옥상으로 올라갔다. 그곳에서 한 번의 도약으로 항공모함 갑판에 착지 했다.

"30초."

손목시계를 확인하면서도 걸음을 멈추지 않았다. 갑판 아래, 여러 저온 보관실 중 가장 가까운 보관실을 찾아 들어갔다. 한기(寒氣)가 희미한 형상으로 안개처럼 퍼져 있는 그곳에는 항공모함 장병들이 몇 달간 먹을 수 있는 식자재들이 쌓여 있었다.

스테이크용 등심을 30Kg 단위로 채운 나무 상자 다섯

개를 쌓았다. 다행히 구석에서 1리터 생수병들도 찾아내,
빈 나무 상자에 가득 실어 스테이크 박스 위에 올려놓았
다.

"요리를 할 게 아니니까."

달걀과 소스들은 따로 챙기지 않았다.

쏴악!

"신아."

막사 밖에 서 있던 주신아를 안으로 불러들였다. 주신
아의 눈길이 자연스럽게 막사 구석에 쌓여져 있는 나무
박스들로 향했다. 거기에서 모락모락 피어오른 한기를 신
기한 눈으로 쳐다보기 시작했다.

우웅.

가장 위에 있던 나무 상자를 공력으로 움직였다. 살짝
들썩이는가 싶더니 천천히 날아와 주신아의 발밑으로 내
려앉았다. 주신아가 놀라는 것도 잠깐, 생수병 하나가 두
둥실 떠올랐다.

그것을 낚아채 주신아에게 보란 듯이 생수병 뚜껑을 돌
렸다.

"이 안에는 시원한 물이 들어 있다. 이 백암(흰색 뚜껑)

을 이런 식으로 돌리면 안에 들어 있는 물을 마실 수 있을
것이다."

뚜껑을 딴 생수병을 직접 주신아에게 건넸다. 주신아는
토끼같이 동그란 눈으로 조심스럽게 손을 뻗어 왔다. 손
가락 끝이 생수병에 닿는 순간, 그녀의 눈이 한층 더 커졌
다.

정말 차가워! 그리고 무척 깨끗해 보여!

그녀의 온 표정이 즉각 반응했다. 생수병으로 차갑게
식은 손바닥을 제 얼굴에 가져다 댄 주신아의 행동이 퍽
귀엽게 다가왔다.

그러다 주신아는 나와 눈이 마주쳤다. 그녀는 황급히
부복하면서 교언을 외쳤다.

"천유양월 천세만세 지유……."

"그만. 백암을 어떻게 따는 지는 확실히 알았는가?"

"예. 교주님."

"그럼 서두르거라. 이것을 가지고 나가 교도들에게 나
눠 주거라."

"존명."

주신아는 그녀의 상체만큼이나 큰 상자를 끼끼대면서
끌고 나갔다. 그녀가 나간 후 스테이크용 등심이 든 나무
상자들을 하나씩 바닥에 펼쳤다.

등심은 1kg 단위로 낱개 포장되어 있다. 한 상자에 낱개 포장이 삼십 개. 총 다섯 상자를 가지고 왔으니 낱개 포장은 백오십 개였다.

공력을 일으키자 낱개 포장 백 오십 개 전부가 허공으로 천천히 떠올랐다.

막사 안에 날아다니는 진공 팩들이라니.

나는 입꼬리를 말아 올리며 열기를 일으켰다. 퍼런색의 화염이 각 낱개 포장들을 휘감았다. 고기를 싸고 있던 비닐은 그대로 증발했고, 고기 익는 맛있는 냄새가 막사에 가득 찼다.

"허공섭물과 삼매진화를 이런 식으로 써먹을 줄이야……."

자조 섞인 쓴웃음을 머금었다.

"신아!"

다시 신아를 불렀다. 그녀가 빛의 속도로 뛰어와 부복했다.

그때 살짝 걷혀진 장막 사이로 어린 교도들의 모습이 보였다. 벌써 고기 냄새를 맡고 모여든 어린 교도들이 순진무구한 표정들로 눈동자들 빛내고 있었다.

"이 고기들 또한 교도들에게 나눠 주거라."

거기까지 말한 후 막사 밖으로 나왔다. 그러고는 걸어

왔던 방향을 향해 몸을 날렸다.

*　　　*　　　*

　"여기요!"

　역시 추격대가 바짝 따라붙고 있었다. 한 시간 정도 차이가 났을 거리를 십 여분 안팎으로 줄여 놓은 상태였다. 그들이 빠르기도 했지만 주민들의 이동속도가 워낙에 느린 탓이기도 했다. 조금만 늦었어도 추격대에 후미를 따라 잡힐 뻔했다.

　"단목 소저!"

　언덕에서 뛰어내려 다시 손을 흔들었다. 나를 발견한 추격대가 속도에 박차를 가했다.

　그런데 추격대는 단목교령을 포함하여 열한 명으로만 구성되어 있었다. 종남파 문주가 포함된 정화회 일원 백여 명을 해치우고 교도들을 구해간 무리를 상대하기 위해 보낸 수라기엔 너무나 턱없이 적다. 하지만 그럴 만한 것이 추격대 한 명 한 명이 진일객 못지않은 공력을 품고 있었다.

　즉, 장문인급 초고수 열 명으로 구성된 추격대란 소린데……

중원의 저력에 대해 새삼 다시 생각했다. 지난 정사 대전에 명문정파들 대부분이 참전했다. 장문인이 직접 제자들을 이끌고 온 곳도 있었지만 아니한 곳도 있었다.

그렇다 해도, 한 번도 보지도 듣지도 못한 장문인 급의 고수가 한 번에 열 명이 튀어 나올 줄이야. 더욱이 그들은 구파일방의 사람들이 아닌 것 같았다.

이들 전부와 붙으면 승리를 확신할 수 없겠어. 이기고자 한다면 적어도 팔이나 다리 하나쯤은 내줘야한다. 지금같이 단전이 비었을 때는 더욱이…….

쓴 입맛을 느끼며 내 앞에 멈춘 추격대에게 포권했다.

"자운."

추격대 선봉에 있었던 중년인이 이 몸을 친근하게 불렀다. 하지만 그 친근함 속에 눈빛만큼은 날카롭게 서 있다. 무공만큼이나 심지가 굳은 강인한 성격의 소유자임이 틀림없었다.

단목교령에게 그녀만이 느낄 수 있도록 기세를 쏴 보냈다.

—청 소협의 아버지예요. 마참대주 청제우.

멍하니 있던 단목교령이 그제야 전음을 보내왔다.

"예. 아버지."

"교령에게 화마식에서 있었던 일을 들었다. 헌데 어찌

혼자만 살아남은 것이냐?"

청제우의 그 한마디에, 나는 청제우와 이 몸 청자운의
부자관계가 어땠을지 상상이 갔다. 그래서 아무 말 하지
않고 입을 다물었다.

청제우는 이 몸을 못마땅하게 바라보다가 다시 물었다.

"마인들을 추격한다 했지 않느냐?"

"했습니다."

"헌데?"

"혼자 대적하기에는 그 수가 많아, 여기서 아버지를 기
다리고 있던 중입니다."

"위지였다면! 죽을 때까지 싸웠거나, 후를 기약하여 추
격하기로 마음먹었다면 끝까지 그리했을 것이다."

"또 형입니까?"

그렇게 반문한 내 스스로가 만족스러웠다.

"아서라! 그래서 어디로 갔느냐? 그 수는 또 얼마나 되
며 본대(本隊)가 주의해야 할 사항은 무엇이 있느냐? 교령
은 충격이 심해 기억을 잘 하지 못하였다."

"모두 이백 명쯤 되었고, 한 명 한 명이 마도의 고수였
습니다. 그들을 추격하면서 우연히 들은 얘기인데, 천라
지망의 북쪽을 뚫기 위해 일천의 혈마군과 함께 할 거라
합니다."

"일천?"

"예."

"그들이 향한 곳으로 앞장서거라."

"여기서 북쪽으로 향하였습니다. 소생은 소생이 들은 정보와 그들이 향한 곳을 알려 드리기 위해 기다리고 있었습니다. 목적을 달성하였으니 이만 막사로 돌아가 있겠습니다."

"뭐라?"

"소생이 형처럼 심지가 굳지 못한 걸 어찌합니까. 단목 소저는 나와 함께 돌아갑시다."

"하!"

청제우가 어처구니없다는 듯한 목소리를 터트렸다. 그는 순간적으로 치솟은 화를 억누르기 위해 양 미간을 잔뜩 구겼다. 하지만 이내, 그와 함께하고 있는 초고수들을 의식하고는 이 몸에게서 등을 돌렸다.

나를 바라보고 있는 단목교령의 벙찐 얼굴이 시선에 들어왔다.

―크크큭. 연기 하나는 헐리우드 뺨치는군.

조용하던 흑천마검도 한소리 덧붙였다.

*   *   *

"그…… 그 말씀은 소녀보고 첩자가 되라는 말씀이신가요?"

"지금까지 네가 한 일과 다를 바 없지 않은가. 하면 나와 같이 갈 테냐? 수십 일간 사막을 건너, 모두와 함께 서역으로 가는 것이지."

단목교령은 말이 없었다.

"여기에 남겠어요."

그녀가 지면을 발로 끄적거리면서 고민을 하다가 결심이 선 얼굴로 고개를 들었다.

"삼황의 행방과 삼황파의 이후 계획 그리고 본교에 대한 모든 정보에 촉각을 세워라. 연락은 후에 본교의 사람을 보낼 것이니 그를 통해서 하면 될 것이다. 또한 이 몸, 청자운을 찾는 이에겐 막사에 돌아오던 꼴로 행장을 차리고 나갔다 하거라. 어디로 갔는지는 모르겠다 답하고."

해약은요?

단목교령는 입술로 그렇게 오물쪼물거렸으나, 차마 음성으로까지는 내뱉지 못했다. 나는 보지 못한 체하며 단목교령을 막사로 떠나보냈다.

항공모함에서 가져온 스테이크용 등심은 150kg이나 되었는데, 내 것이라고 따로 떼어 논 것 외에는 하나도 남겨진 게 없었다.

"천유양월. 천세만세. 지유본교. 천존교주. 독보염혈. 군림천하. 천상천하. 지상지하. 광명본교. 하교들 모두 교주님의 은덕을 받잡아, 교주님과 본교의 홍복을 기원하고 있었사옵니다."

주신아와 교도들이 부복한 자세로 돌아온 나를 맞이했다.

그들에게 두 가지 명을 내렸다. 때가 때이니 만큼 나와 대면할 때마다 긴 36자 교언 전부를 읊지 말 것과, 같은 이유로 부복하지 말고 허리만 숙이는 것으로 교례를 간소화 하는 것이었다.

주신아를 비롯한 십시 주민들은 광적인 신도다. 지엄한 교주님을 대면할 때 어찌 36자 교언과 부복을 하지 않을 수 있냐는 것이 그들이 평소 가진 신념이겠으나, 이미 내가 하명(下命)하였다.

*   *   *

오감을 끌어 올리며 걸었다. 특히 기에 집중했다. 그러던 중 우리가 향하는 길로 전방 반 킬로미터 부근에서 무림인이 있다는 것을 알아차렸다.

잠시 교도들을 떼어 놓고 홀로 그들과 마주했다.

인원은 서른 명.

대풍이라는 이름을 내건 표국 깃발이 보였다.

"모두 혈산 아래 막사에 있소이다. 예서 뭐하는 것이오?"

불을 지피고 있는 한 남자에게 다가갔다. 그러고는 내가 먼저 말을 건넸다.

"그러는 공자야말로 예서 혼자 뭘 하는 게요?"

그가 가는 눈으로 나를 음흉하게 쳐다봤다.

"왜 그렇게 보시오?"

"그냥 시원하게 정보를 교환하는 게 어떻수? 보아하니 귀한 집 자제 분 같으신데 보고 들은 게 있을 거 아니유? 우리도 아는 게 좀 있으니, 생각 있으시면 저기 표두께 가 보시오."

나는 남자가 가리킨 민머리 사내에게로 발걸음을 옮겼다.

그는 표두답게 서른 명 중에서는 무공이 가장 강한 자였다. 그렇다고 표사들의 실력이 낮은 것 또한 아니었다. 사막을 건너 본산까지 왔다는 것은 이미 그들의 실력을 증명하고 있는 것이니 말이다.

"왕유요."

그가 대뜸 포권했다.

이 몸 같이 막사에서 떨어져 나온 이들을 한두 번 상대하는 게 아닌 것 같았다.

"그런데…… 낯이 익소만? 우리 아는 사이요?"

그가 물었다.

"그런 건 아닐 겁니다. 많은 영웅들께서 나를 알아도, 나는 그분들을 모르는 경우고 종종 있소. 참으로 안타깝고 부끄러운 일이지요."

"혹 마참대주의 자제분이 아니시오?"

"맞습니다."

하지만 거기에 대해서는 더 이상 얘기하기 싫다는 듯이 감정이 뒤틀린 표정을 지었다.

"왕 영웅께선 얘서 뭐하시고 있습니까? 지휘부는 혈산 아래에 진을 치고 있습니다만?"

"대전도 끝이 났으니 이만 돌아가려는 거요."

"내 아버님이 마참대주라 말씀을 삼가시는 것이라면 그럴 필요 없습니다. 왕 영웅께 이리 묻는 연유는, 뭐 좋은 것이 있다면 나도 좀 끼고 싶어서 그런 게지요."

"청 대협은 마참대에 있어야 하는 게 아니요?"

"흥. 마참대는 말도 꺼내지 마세요."

보란 듯이 콧방귀를 꼈다. 이 몸을 바라보는 그의 눈빛이 심상치 않게 변했다. 그는 일 초도 안 돼서 바로 미소로 표정을 꾸몄다.

그러고는 비밀을 털어 놓듯 주위를 두리번거린 후 소리 낮춰 입을 열기 시작했다.

"청 대협의 명성이야 잘 알고 있소. 본 표국과 함께 할 생각이 정말 있는 거요?"

"암요. 마참대로는 돌아가지 않을 겁니다."

"그런데 우리가 뭘 하고 있는지 아직도 눈치채지 못한 거요? 우리 같은 이들을 꽤 많이 봐왔을 터인데. 사실 우리가 하고 있는 일이 꼭 비밀이랄 것도 없지만……."

"지휘부와 떨어진 건 이번이 처음이오. 그리고 왕 영웅을 처음으로 만난 거요."

"청 대협이 혈산에서 나와 처음 만난 사람이 바로 본인이라니! 이 왕유가 참으로 천운이 있나 보오!"

그가 호탕하게 웃었다.

"하하하."

나도 따라 웃었다.

"천서고(天書庫). 보연당(寶衍堂)."

그가 웃음을 멈추자마자 꺼낸 말이었다.

천서고와 보연당이라면…… 그런 것이었나? 이들의 목적이 뭔지 알 것 같았다.

"아! 그런 게요? 그 보물들을 찾고 있는 겁니까?"

본교는 서역과 중원의 교역을 이어 주는 역할을 하면서 그리고 중원과 수많은 전쟁을 치르면서 수많은 비급과 보물들을 모았다.

비급들 대부분은 혈서당에, 그것들 중에서 상승무공이 담긴 희대의 비전들은 천서당을 따로 두고 보관했다. 또한 보물들은 보연당에 두어 보연당주로 하여금 24시간 지키도록 하였다.

"그렇소."

"그렇다면 더욱이 혈산으로 가야 하지 않습니까? 마교의 보물들은 응당 그들의 성지에 보관하고 있지 않겠냐는 말입니다."

"정…… 말 모르시오? 청 대협은 마참대에 있었으면서 어찌 그 일을 모른다는 거요."

그가 계속 말했다.

"이 왕유를 계속 떠볼 생각이거든 가던 길이나 가시오."

"왕 영웅의 심기를 어지럽힐 생각은 없습니다. 내 마참대 소속이기는 하나, 이름만 걸쳐 두었을 뿐입니다. 아버님은 언제나 나를 믿지 않으셨습니다. 그것이 지금 내가 혈산을 떠나는 이유입니다."

"아…… 미안하외다. 내 진심으로 사죄하겠소. 청 대협."

왕유는 미안한 기색을 비추며 살짝 허리를 숙였다.

"아닙니다. 내 미리 말하지 못한 게……."

"마참대가 천서고와 보연당을 찾아내 비급과 보물들을 모조리 빼냈다 하오."

"그…… 렇습니까?"

이상하게 부아가 치밀어 올랐다. 처음에는 재물이 아까워서 그러나 싶어 스스로가 부끄럽다는 기분이 들었지만 곧 그게 아니라는 것을 알아차렸다.

천서고는 오로지 교주만이 출입할 수 있는 성지 중의 성지이자, 교주에게 부여되는 강력한 권리 중에 하나로 교주의 권위를 상징하는 곳이었다. 그런데 그곳이 약탈당했다.

사람들 앞에서 발가벗겨진 기분이 이런 것일까. 이가 갈렸다.

"어쨌든! 혈마교의 사라진 비급과 보물들을 찾아낼 수만 있다면, 반평생을 바쳐도 아깝지 않을 거요."

어?

"사라졌다니. 모르는 얘기입니다만."

"삼황파에서 함구령이 떨어진 것으로 알지만 어쩌겠소.

이미 퍼질 대로 퍼진 누구나 다 아는 소문이 되어 버렸는걸."

"나는 모릅니다."

"등잔 밑이 어둡다더니. 딱 그 짝이 아니오?"

"비급과 보물은 어떻게 사라진 거죠?"

"천서고와 보연당을 찾아낸 건 마참대요. 그리고 마참대는 그 보물들을 구주일일 대협과 대협의 사람들에게 맡겨 삼황께 보내는 길이었소. 그런데 자그마치 혈마교의 비급과 보물들이오. 수레에는 수백 권의 비급과 보물들이 산더미처럼 쌓여 있었소. 딱 눈 한 번 감아 수레에 손을 집어넣어 그것을 취하면, 비급이라면 천하제일인이 될 터이고 보물이면 천하제일 거부가 될 터이니. 사람이라면 어찌 욕심이 나지 않았겠소. 그들이 어느 날 갑자기 자취를 감춘 건 어쩌면 처음부터 예상 되었던 일이었던 게요."

"비급과 보물들을 옮기던 이들이 갑자기 사라졌다? 그래서 사라진 그들을 먼저 찾아내는 쪽이 비급과 보물들을 가지게 된다는 겁니까?"

왕유는 그렇다면서 음흉하게 웃었다.

"그런데 왜 여기서 헤매고 있는 거죠? 이미 십시를 빠져나갔지 않았겠습니까?"

"그럴 만한 이유가 있소이다. 특급 정보요. 청 대협, 들고 싶소?"

"당연하지요."

"이 특급 정보를 듣는 순간 청 대협은 본 표국과 함께하거나, 그만한 가치가 있는 정보를 본 표국에게 줘야 하는 거요. 천지신명께 맹세하는 게요?"

"당연합니다. 맹세합니다."

왕유의 입장에서 보자면 이 몸, 청자운은 꽤나 쓸모 있는 녀석이다. 아비가 마참대주로 이 몸 또한 마참대 소속으로 그동안 보고 들은 게 많을 것이며, 이 몸의 무공 또한 자리한 표사들 이상으로 최소 왕유와 견줄 만큼은 되었다.

왕유는 그의 뜻대로 됐다는 듯한 만족스러운 웃음을 감추지 않았다.

"아직 보물과 비급은 이 땅을 벗어나질 않았소."

"……."

귀를 기울였다.

"청 대협도 알다시피 이 땅에서 벗어나려면 마교가 거느리고 있던 열 곳의 도시 중 한곳을 통과해야만 하오. 우리는 우리가 동원할 수 있는 모든 재화를 그곳들에 투입했소. 보물과 비급이 이 땅을 벗어났다면 진작에 연락을 받았을 거요."

"십시의 모든 관할부에 뇌물을 썼다는 말인데, 상당했을 것 같습니다."

"사활을 걸었으니까. 보물을 쫓는 자들은 모두 이 땅에서 보물이 벗어나지 않았기를 막연히 기대할 뿐이지만, 본 표국은 확신을 가지고 있소. 그게 얼마나 큰 차이인지 아실 게요. 그들은 오래 지나지 않아 포기하겠지만 우리는 절대 그렇지 않을 거요. 자. 나는 청 대협에게 모든 걸 알려주었소."

보아하니 이 왕유라는 표두는 보물을 쫓느라, 현재 교지의 정세에 대해 빠삭한 것 같았다.

몇 가지를 더 물었다.

내 생각대로 남쪽 소산이 천라지망에서 가장 취약한 지점이라는 것을 알아낼 수 있었다.

"이제 청 대협 차례요. 본 표국과 함께할 것이오? 아니면 필적한 정보를 가지고 있소? 물론 정보의 중요도는 이 왕유가 판단하겠소."

"음…… 생각해 보니 내 따로 할 일이 있어 왕 영웅과 함께하긴 어렵겠습니다."

"이제 와서 말을 바꾸시겠다? 그럼 중요한 정보를 가지고 있어야 할 거요. 어디 한번 들어 봅시다."

"정보라. 이런 겁니다. 어떻게 돌아가는 상황인지는 잘 알겠습니다. 그런데 나는 마참대가 천서고라고 찾아낸 곳이 천서고라고 생각하지 않습니다."

"왜 그리 생각하시오?"

"왕 영웅의 말에 따르자면, 천서고와 보연당이 붙어 있다 했는데 보연당과 붙어 있는 것은 천서고가 아니라 혈서당이니 말입니다."

"혈서당?"

"비급 중에 비급은 모두 천서고에 둡니다. 교주만이 다룰 수 있도록. 그 외에 비급들은 혈서당에 두는데, 아마도 마참대에서 찾은 곳은 그곳인 듯싶습니다."

"그런 소리는 처음 듣소만? 청 대협이 일러준 말이 사실이라 하여도, 마참대가 찾은 보물들 중엔 혈영마단이 있다고 알고 있소. 혈영마단 하나만으로도 목숨을 걸 가치가 있으니 달라지는 것 없소. 헌데 청 대협은 그런 걸 어디서 안 게요?"

"이게 가장 중요한 정보인거지요. 지금 왕 영웅에게 알려줄 것은…… 특급 중에 특급입니다. 누구도 모르는 거요."

"그런 게 있소?"

왕유가 눈을 빛내며 반문했다.

"그 전에 하나만 물어 봅시다. 혈마교도들은 많이 죽었소?"

"그걸 말이라고 하나. 마참대만큼은 아니더라도, 이 손으로 벤 마인들의 수는 헤아릴 수 없을 만큼 많소. 갑자기 그건 왜 물으시오?"

"그럼 됐소. 그러니까 그 특급 정보라는 건⋯⋯."

그에게 집게손가락을 까닥였다. 그가 얼굴을 가까이 가져왔다.

"내가 혈마교주요."

그의 귓가에 대고 조용히 속삭였다.

제2장

파사국(波斯國)
파달(巴澾)

이백십이 명.

아무런 준비가 되지 않은 상태에서 이끌기에는 터무니 없이 많은 수라고 분명히 말할 수 있다.

보통 이 정도 규모의 인원을 이끌 때면 미리 철저하게 보급품을 준비해 놓거나 그것이 수월치 않으면 현지 조달을 원칙으로 한다. 하지만 현지라고 할 수 있는 십시에는 들어가지 못하는 상황이었다.

주민들은 항상 배가 고프고 목이 말랐다. 이미 극도의 스트레스를 겪었을 뿐만 아니라 끌어 올랐던 아드레날린도 사그라지기 시작했으니, 모르고 있던 병증도 튀어 나오고 있었다.

병증 또한 다양하다.

오한, 두통, 기침, 설사.

한밤의 찬 공기를 피할 천막, 최소 두 끼의 식량과 물, 찢기고 쓸모가 없어진 피풍의를 대체할 의복, 각종 의약품.

결국, 이 모든 것들을 200명 분이 넘게 필요했다.

그래서 항공모함을 전리품으로 받은 건 어쩌면 운명이었을지도 모른다는 생각이 들었다.

저쪽 세상을 몇 번 오가며 보급품을 챙겨온 나는, 주민들 모두에게 미 장병들이 입던 군복과 야상을 입혔다. 어린아이들은 장병들이 소지하고 있던 사복들을 몇 개로 겹쳐 입혀서 모래바람과 추위를 막게끔 했다.

주신아는 주민들과 함께 배급받은 군복에 대해서 얘기하고 있었다.

가슴에 달린 주머니 덮개를 열었다 닫았다 할 때마다 찍찍이 소리가 났고, 주민들은 그것을 신기하게 여겼다. 누구는 군화발로 바위를 툭툭 치면서 그 단단함에 혀를 내둘렀다.

나는 소리 없이 웃었다.

잠시나마 내 존재를 잊고 군복과 화려한 무늬의 티셔츠

에 정신을 팔린 여자들과 어린아이들을 보고 있으니, 나까지 행복한 기분이 들었기 때문이다.

—애송이, 네놈이야말로 신이 되었군. 이들은 너를 무(無)에서 유(有)를 창조한다고 생각하지 않느냐? 혈마, 혈마하면서 어찌나 시끄럽게 굴던지…… 그런데 애송이, 잊고 있는 게 있을 텐데?

흑천마검이 말했다.

—부탁인데, 아직은 아니야.

이런 걸로 고집을 피울 생각은 없었다.

—뭐?

—지금 사라지지 말라고. 본교를 수습하는 데로 네 녀석에게 무조건으로 협조할 테니까. 그때가 되면 네 녀석이 막아도 백운신검을 쫓는데 전력을 다할 생각이라고.

—크크크. 그래도 신 놀음에 아주 정신이 팔린 건 아니었군.

—네 녀석은 아니라고 하겠지만, 본교의 교도들은 너를 본교의 성물로 여기지. 그러니까 본교에 조금이라도 애착을 가졌으면 하는데?

녀석이 자유롭게 움직이게 된 이상, 녀석은 언제든 떠날 수 있었다.

—인간들 주제에 이 몸을 물건 따위로 보는 게 큰 문제

라고는 생각하지 않나?

　―기회가 되면 네 녀석을 본교의 신으로 승격시켜주지.

　―그 까짓것.

　―아무튼 부탁한다. 지금은 아니야. 배가 고파지면 내 피를 나눠 줄 수도 있어.

　―우리가 합일을 이뤘을 때 무엇을 본 거지? 이 몸이 얼마나 위대한 존재였는지를 잊은 거냐? 그깟 뱀파이어 따위로 보는 것이냐?

　저쪽 세상에서 그렇게 텔레비전을 열심히 보더니, 녀석이 사용하는 어휘가 다양해졌다. 때때로 나를 놀래키곤 한다.

　―아냐? 벽력혈장과 옥제황월의 피는 한 방울도 남기지 않았잖아. 네 녀석은 인간의 피를 좋아해. 강한 공력을 지닌 인간이라면 더욱이.

　―이 몸이 하등한 인간 따위의 피를 좋아한다고 생각할 줄이야. 아쉬운 대로 어쩔 수 없었던 것뿐이었지만, 지금은 아니지 않은가?

　―…….

　―애송이. 네놈의 바람대로 나는 네놈 곁에 있겠다. 그렇지만.

　―그렇지만?

—네놈이 그리하듯이, 이 몸 또한 원하면 우리는 언제든 저쪽 세상으로 간다. 그래서 저쪽 세상에는 흔하디흔한 원자력 발전소 중 한곳을 취하거나, 미합중국 대통령이라는 저쪽 세상의 제일 권력가에게 핵을 내 놓으라 할 수 있겠지. 이것이 애송이 네 녀석과 이 몸의 거래다.

—그놈의 핵은……

—크크크.

놈의 웃음소리와 함께 등에서 검신 전체의 진동이 느껴졌다.

그나저나 백운신검은 어디로 사라져 버린 것일까? 백운신검은 이번 대전과 관련이 있을까? 백운신검을 되찾는 날까지 뒤를 닦지 않은 것처럼 계속 신경 쓰일 거다.

"교주님."

주신아가 내 앞에 다가왔다.

무공으로 단련되어 있고, 지난 하루 동안 부족한 영양을 섭취하였고, 내 앞이라 군기가 바짝 서 있는데다가, 군복을 입었다.

그녀는 비록 여성이지만 여느 특전대 못지않아 보였다. 무기고에 있는 자동 소총을 들려주면 매우 잘 어울릴 것 같다는 생각이 들었다.

하지만 중원에 현대의 무기를 들여올 생각은 절대 없

다. 최후의 순간이 아니라면······.

"그것은 침낭(寢囊)이란 것이다. 거기에서 따뜻이 잘 수 있지."

주신아는 주민들을 대표하여 침낭에 대해 물으러 왔다.

여기서 잠을 잔다고요?

주신아가 눈을 동그랗게 뜨며 돌돌 말린 침낭을 빤히 바라봤다. 그러고 보니 그녀의 어깨너머로 침낭을 두고 수군거리고 있는 주민들이 보였다.

나는 직접 침낭을 펼쳐서 지면위에 깔았다.

지퍼를 여는 순간에, 주신아는 그제야 알았다는 듯이 그녀가 입고 있는 야상 지퍼와 침낭 지퍼를 번갈아 쳐다봤다. 그러고는 그녀는 부복을 금한다는 명을 잠깐 잊었는지, 내게 큼지막하게 절을 하였다.

멀리서 이쪽을 힐끔 힐끔 바라보던 주민들 또한 절을 하는 것이었다. 그러더니 이백여 명의 주민 모두가 노인, 어린아이 할 것 없이 하던 일을 멈추고 절을 하기 시작했다.

흑천마검이 꼬집었던 대로 나는 이들에게 거의 신(神)적인 존재가 되었다.

본래 혈마교에 교주란 혈마의 환생으로 신으로 추앙되기 마련이다. 십시 주민이라면 태어났을 때부터 그리 교육을 받는다.

하지만 사람인 이상 신이란 존재에 대해 의문을 가질 수도 있다.

단신으로 백여 명이 넘는 정파 고수들을 물리쳤다고 해도, 그건 신이 아니다. 이쪽 세상에서는 일인의 무공이 극에 달하면 누구든 그렇게 될 수가 있으며 이쪽 세상의 역사로만 봐도 그런 이들이 빈번히 나타났다.

하지만 혈마교주는 눈앞에서 사라졌다가 나타나길 반복했다.

그리고 다시 나타날 때마다 품안에는 사라지기 전에는 없었던 뭔가를 한 아름 들고 나타났는데, 어떤 상자에는 지금껏 한 번도 보지 못한 해괴한 의복과 신발이 들어 있고, 어떤 상자에는 이 땅에서는 결코 찾을 수 없는 시원한 물이, 어떤 상자에는 신선한 고기들이 가득 차 있었다.

그날 밤은 유난히 차가웠다.

소산까지 얼마 남지 않아, 그 암산에서 부딪쳐온 한기들 때문에 더욱 그러한 것 같았다.

그러나 주변은 무척이나 고요하고 밤하늘의 별은 모래알처럼 많았다. 주민들은 침낭 안에서 번데기처럼 잠들어 있는데, 얼굴을 빼꼼히 내민 아이의 얼굴은 한없이 평온했다.

나는 자지 않았다. 내게 잠이란 그저 안락함을 가지고 과거를 추억하는 수단일 뿐이지, 생존을 위해 꼭 필요한 욕구가 아니었다. 자는 대신 가부좌를 틀고 앉아 빈 단전을 채워나갔다.

인기척을 느끼고 눈을 떴을 때, 주신아가 멀찌감치 서서 나를 기다리고 있었다.

"아직 자지 않았느냐?"

"예."

"이들 중에 무공을 익힌 건 오로지 신아, 너 뿐이다. 소산에 들면 교도들에게 각별히 신경을 써야 할 터. 일찍 자두는 게 좋다."

"다름이 아니오라……."

그녀는 쉽게 입을 열지 못하고 망설였다. 교주의 앞이라서 그런 게 아니었다. 그녀의 얼굴은 부끄러운 빛으로 물들어 있었다. 그 모습이 꽤 귀엽고 내 안의 뭔가를 자극했다.

그녀가 이 깊은 밤에 나를 찾아온 이유가 무엇인지 알 것 같았다.

—반응을 하는군. 애송이.

흑천마검은 이럴 때만 꼭 튀어나와 비아냥거린다. 거기에 넘어갈 내가 아니다.

"소, 소녀가 교주님의 밤 시중을 들겠사옵니다……."

물끄러미 주신아를 바라봤다. 주신아는 더 부끄러워진 얼굴로 고개를 푹 숙였다.

"혹 마음에 두신 다른 아이가 있으시다면……."

"아니다. 이리 오거라."

그녀가 새색시마냥 부끄러워하면서 조심스레 걸어오는 그 짧은 찰나, 나는 많은 생각이 들었다.

이전 같았으면 고민할 것 없이 뿌리쳤을 일이다.

하지만 이번에는 왜 아니 그리하면서도 일말의 거리낌도 없는 것일까.

내가 변한 것인가. 그렇다면 내가 변한 계기는 무엇일까. 아니면 지금 나는 단순히 스트레스를 많이 받은 것뿐인가?

생각해 보면 지난 몇 달간 나는 저쪽 세상에서부터 쉼 없이 달려왔다. 초월적인 힘을 가진 자라면 응당 해야 할 책임이라 생각해서였다. 그리고 이쪽 세상에서는 혈마교주로서의 또 다른 책임을 이행 중이다.

책임.

스트레스.

책임!

스트레스!

"오늘 밤만이라도 권리를 누리는 것쯤은…… 괜찮겠지."

나 혼자만 들릴 소리로 중얼거린 후, 주신아의 손을 잡고선 수풀 속으로 들어갔다.

"소녀. 오늘의 홍복을 평생 잊지 않겠사옵니다."

그녀가 떨리는 목소리로 말했다.

달빛 아래.

그녀의 하얀 목덜미가 유난히 매끄럽게 빛난다.

"교주님……."

살짝 벌려진 입술 사이로 붉은 혓바닥이 하늘하늘 움직이며 다가왔다.

*　　　*　　　*

십시 주민들은 패도적인 성향의 본교의 영향을 고스란히 받을 수밖에 없다. 그래서 여성들도 성격이 강하고 솔직하다. 잠자리에서도 그렇다고 알고 있다.

그러나 주신아는 그것들을 모두 감안한다 쳐도, 많이 적극적이었으며 더 많이 느꼈다. 참고로 그녀는 처음이 아니었다. 낮에는 현숙하지만 저녁에는 요부(妖婦)가 되는, 성인 남성들이 바라는 그런 타입이었던 것이다.

그래서 그 어느 때보다 격정적이 될 수 있었다. 그때만이라도 다른 잡념들을 버리고 거기에만 몰두할 수 있어, 만족스러운 시간이었다. 물론 그녀도 편히 말은 못했지만 그녀의 온몸과 반응이 나와 같았다고 말을 해 주었다.

아마도 소리를 내도 괜찮은 환경이었다면, 그녀는 아마도 목이 쉬었을 거다.

한 시간쯤 지났을 때였다. 이쪽을 지켜보는 눈이 생겨났다. 나는 놈이 은신하고 있는 곳으로 몸을 날렸다. 검은 그림자가 빠르게 반대편으로 뛰었다. 그러나 금방 따라잡혔다.

녀석이 쓰는 경공이나 풍기는 기운 모두, 본교의 것이 틀림없었다.

그래서 목숨을 거두지 않고 그저 녀석을 제압하는 것으로 끝냈다. 녀석은 본인이 그리 쉽게 제압당한 것에 대해 크게 놀라는 눈치였다.

그럴 만한 것이 녀석의 무공은 본교의 거마급이었기 때문이다.

"어느 귀단(鬼團)이냐?"

대놓고 물었다.

녀석의 시전한 경공은 무형수라공.

그건 사귀사마팔단의 단주들 중, 오로지 네 명의 귀단주에게만 특별히 허락된 본교의 비전이었다.

"……."

하지만 그는 말이 없었다.

어깨를 부여잡은 손을 통해 녀석의 몸으로 공력을 투입했다. 녀석 또한 공력을 끌어올려 내 공력을 밀어내려 했지만, 십일성까지 끌어 올린 공력은 이미 녀석의 뼈와 근육 곳곳에 스며들었다.

그쯤에서 녀석의 정체를 파악했다.

드드득.

뼈 소리가 나면서 녀석의 온몸이 비틀렸다. 평평했던 녀석의 뺨에 광대가 튀어나오고 어깨는 더욱 좁아지며, 키가 눈에 띄게 줄기 시작했다. 검었던 머리카락 또한 훌훌 바닥으로 떨어지면서 백발 몇 가닥만 남았다.

어느새 내 앞에는, 쭈글쭈글한 피부에 괴팍하게 생긴 왜소한 노인이 어깨를 붙잡힌 채 얼굴을 일그러트리고 있었다. 녀석은 허리에 꽂은 두 자루의 작은 도끼를 쥐기 위해 안간힘을 쓰고 있었다.

"너희들도 나와라!"

주위에 대고 외쳤다. 그러자 어둠 속에서도 유난히 짙은 그림자 열아홉 개가 솟구쳐 나왔다.

"대행혈귀단주(大行血鬼團主) 풍마쌍부(風魔雙斧). 아직도 내가 누구인지 모르겠는가?"

그제야 풍마쌍부의 눈동자가 심하게 흔들렸다. 내가 어깨를 잡은 손을 풀자, 그는 벼락같은 빠르기로 땅에 무릎을 꿇고 이마를 박았다. 검은 그림자 열아홉 개 또한 일제히 나를 향해 부복했다.

"교주님을 뵈옵니다. 지유본교. 천유본교. 천세만세. 마유혈교!"

* * *

중원 호북성에 터를 두고 있던 풍형(風形)이라는 상단이 하룻밤 만에 혈마교에 의해 갑자기 멸절되었다. 혹은 그렇게 추측된다고 가정해 보자.

그때 일련의 과정은 다음과 같은 수순에 따른다.

서방과 중원의 상단이 일확천금을 기대하며 대륙 간 교역 길을 나설 때에는 본교의 교지를 통과할 수밖에 없다.

그들이 안전하게 본교의 땅을 지나치려면 열 가지 항목

에 대해 세금을 내야 한다.

관세(關稅), 통행세(通行稅), 보호세(保護稅)가 비중이 가장 큰데, 출국하면 당연히 본국으로 돌아오기도 해야 해서 두 번의 세금을 내는 셈이다.

많은 상단이 도박에 가까운 교역 길에 올라 상당수가 실패한다.

하지만 성공한 상단은 거부(巨富)의 반열에 이르기 마련이다. 그만큼 교역에 성공하면 그들이 벌어들인 재화는 천문학적이라는 것이다.

그중 오 할 이상을 본교에 각종 명목으로 세금을 내야 했으니, 그 이면(裏面)을 보자면 본교가 상단들로부터 벌어들이는 이문이 얼마나 방대한 양인지 추정이 불가능할 정도라 할 수 있다.

본교는 거기에서 오는 막대한 이문으로 일국(一國)의 재정을 유지할 수 있었다.

그래서 본교에서 제일 집중하고 신경 쓰는 업무는 교역로 관리였다.

간혹 어떤 상단들은 본교에 세금을 납부하지 않는다.

은밀히 사막을 지나치길 시도한다.

대게 서방이든 중원이든 일확천금을 벌어들이는 데 성공한 상단들이 그랬다.

막상 어마어마한 재화를 획득했는데 돌아가는 길에 그 반절을 세금으로 내기에 아깝다는 생각이 들었던 것 같다.

그들은 보통 십시를 피해 멀리 돌아서 간다.

인명보다 재화를 더 소중히 여기는 자본주의적 발상이 이곳에도 있다.

돌아서 가면 도착하기까지 시일이 두세 배 이상 늘어난다. 당연히 많은 사상자도 발생하지만 그러한 세금을 내지 않기 위해서라면 그런 희생쯤은 얼마든지 각오한다.

불행히도 그러한 시도들 대부분이 실패하고 만다. 사막의 소수민족들이 모두 본교의 지배하에 있기 때문이며, 그들의 눈을 피해 사막을 건너기란 거의 불가능하기 때문이다.

그런데도 성공한 상단들이 꼭 한 번씩은 있곤 했다.

그네들과 마주친 작은 부락민들을 모두 죽이거나 혹은 회유하거나 하는 식으로 말이다.

이제 풍형이라는 상단이 본교를 피해 사막을 건너는데 성공한 상단이라고 치자.

그런데 죽을 때까지 안고 갈 게 아니라면, 언젠가는 막대하게 번 재화들을 소비할 수밖에 없는 법!

중원에는 대(大) 조직들이 펼쳐 놓은 비밀 정보망들이

많다. '세통(世通)' 또한 비밀 정보망 중 하나로, 그 정체는 본교의 전세지문(全世知門)이 중원에 심어 놓은 비밀 조직이다.

세통은 그들과 가장 가까운 분교(分敎)에 그들이 입수한 정보 즉, 풍형상단에 대해 보고한다.

그러면 분교의 장은 정보의 중요성을 따진다.

이 경우 '교역세'에 관한 것이기 때문에 제일 급으로 분류하게 되고, 본교의 지침에 따라 정보는 사천의 대외당이 아닌 전세지문으로 곧장 이관된다.

전세지문은 확인 절차를 가진다.

필요에 따라 외당의 협조를 받아 요인 납치와 심문을 반복한다.

사실 확인이 끝났다면 전세지문주 만안은 직접 이장로 흑웅혈마에게 보고하게 된다.

흑웅혈마는 내게 올릴 장계(狀啓)를 써내려가기 시작한다.

교역세를 피해 간 상단에 관해서는 흑웅혈마는 항상 절멸(絕滅)을 청했다. 교역세의 이권에 개입하려는 세력만큼이나 피해 간 이들을 응징하는 것을, 그의 사명으로 삼은 것 같이 말이다.

장계를 받아 든 나는 흑웅혈마에게 풍형상단 절멸을 명

하고 그 일을 일임하게 된다.

절멸이라 함은 보복성 무력 행위이다.

본교에서 타지로 떠나 그러한 임무를 수행할 수 있는 조직과 인원은 흑웅혈마의 직속부대인 이장로문 700명, 혈마오문 중 지천무문(地天武門) 500명, 사귀사마 팔단 중 촌각살단과 대행혈단 80명이다.

이제 흑웅혈마는 절멸 대상의 위치와 화력을 고려하여 어느 조직에게 그 임무를 맡길지 결정하게 된다.

일단 풍형상단을 호북성, 그러니까 동방 무림의 중심에 터를 두었다 가정하자.

그리고 갖춘 화력으로는 호북성 뿐만이 아니라 동방 무림 전체에 이름이 난 호북쌍호가 식객으로, 상단 자체적으로 풍형검인이라고 하는 오십여 명의 무사들을 보유중이라고 하자.

동방 무림에서 본교의 임무를 수행할 때에는 은밀성이 요구된다.

그래서 이장로문과 지천무문은 명단에서 지운다.

왜냐하면 둘 모두 수백에 달하는 인원답게 강력한 화력을 지녔으나, 동방 무림의 수많은 눈을 피해 임무를 수행하기에는 역부족이기 때문이다.

본교의 세력권 안에 풍형 상단의 본가가 있다면 이장로

문이나 지천무문에 명을 내릴 수가 있다.

흑웅혈마는 풍형상단이 동방 무림에 있기 때문에, 특임대인 사귀사마 팔단 중 촌각살단과 대행혈단 중 하나에게 그 일을 맡겨야겠다고 생각한다.

촌각살단의 주 임무는 요인 암살, 그래서 촌각살단도 곧 명단에서 지워졌다.

이번 경우엔 특정 인물을 제거하는 게 아니라 한 상단 전체를 절멸해야 한다. 또한 그 일로 하여금 다른 상단들에게 일벌백계(一罰百戒)의 효과를 얻기 위해선, 철저한 응징이 필요하다.

이제 남은 조직은 대행혈단이었다.

그런데 대행혈단은 대행혈마단과 대행혈귀단, 두 개의 조직을 합쳐서 부르는 말이다. 흑웅혈마는 대행혈마단과 대행혈귀단 중에서 어느 조직을 택해야 할지 좀 더 생각에 잠기게 된다.

대행혈마단(代行血魔團)은 본교를 대표하는 무력 조직이다.

중원에서는 대행혈마단이라 하면 우는 아이도 그치게 한다. 무림과 동떨어진 삶을 사는 평범한 사민(士民)들에게도 대행혈마단은 지옥의 화신이다.

그렇게 악명이 자자하지만 정작 대행혈마단에 대해선

자세히 알려진 바는 없었다.

일원의 외모와 이름은 물론이고 심지어 몇몇으로 구성되어 있는지도 모른다. 대행혈마단을 목격한 자가 없기 때문이다.

그들이 스치고 지나간 자리에는 생존자라곤 단 한 명도 없었다.

생물이 아닌 것도 그랬다.

구조물은 처참하게 붕괴되었다.

목조 건물이면 한줌의 잿더미로 변했고 철로 세워진 것이면 종잇장처럼 찢겨져 사방에서 나뒹굴었다.

사람들이 대행혈마단이라면 벌벌 떠는 이유는 단지 그들이 필살(必殺)의 조직이기 때문만이 아니다.

그들이 떠나간 자리에 남겨진 것들을 보면 그들의 심성을 유추할 수 있는데, 그들은 인성(人城)이라고는 없는 악마였다. 방화, 살인, 파괴를 진심으로 즐기는 것뿐만 아니라 그것들을 즐기는 방법도 다양했다.

그래서 그들이 지나갔던 자리는 다시는 생각하기도 싫은 끔찍한 광경들이 펼쳐졌다.

하룻밤 만에 한 조직이 몰락하고 살육 현장이 남았다면 그건 대행혈마단의 짓이라는 게, 언젠가부터 도는 동방무림의 풍문이 되었다.

그러나 정작, 대행혈귀단 또한 대행혈마단과 같은 대행혈단의 소속 집단이지만 그들에 대해서는 어떠한 소문도 없다. 구담(口談)을 통해 대행혈마단의 악명이 전설처럼 내려오지만 대행혈귀단에 대해선 일언반구조차 없는 식이다.

그건 사귀사마 팔단의 마와 귀의 조직 성향 탓이다.

마단은 양지에서, 귀단은 음지에서 활동한다. 심지어는 교지 내에서도 귀단은 그 모습을 드러내지 않고 외산과 같은 동떨어진 곳에서 지낸다. 그래서 귀단에 누가 소속되어 있는지 아는 사람이라곤 본교 내에서도 나와 두 장로뿐이다.

대행혈마단과 대행혈귀단의 임무 수행 방식은 지독하리만큼 처절한 파괴가 그들의 사명이라는 점에서 비슷한 점이 많다.

다만 차이점을 두자면 대행혈마단은 임무 수행 도중 그들이 발각되는 것뿐만 아니라 본교의 흔적을 남기길 꺼려하질 않는다.

반면에 대행혈귀단은 유령 같은 존재로 있어야 하기에, 극도의 은밀성이 항상 요구된다.

흑웅혈마는 대행혈귀단을 호북으로 보내 풍형 상단을 절멸시키기로 결정했다. 본교가 풍형 상단을 몰락시켰다

는 것을 숨겨야만 하는 이유가 있었기 때문이었던 것 같
다.

어쨌든 풍형상단은 대행혈귀단이 호북에 도착한 그날,
지옥에서 보내온 악귀(惡鬼)들을 맞이해야만 했다.

결과는 멸절.

그리고 이튿날 아침, 안타깝게도 노인과 어린아이들까
지 포함한 모든 풍형상단의 사람들이 싸늘한 주검으로 발
견됐다.

흑웅혈마 같은 경우엔 사귀사마 팔단에서 마단보다 귀
단을 더 높게 쳐준다. 대행혈마단과 대행혈귀단을 비교했
을 때 대행혈귀단이 한 수 더 위라는 생각을 가지고 있다
는 것이다.

한 번은 내가 그 이유를 물은 적이 있었다.

흑웅혈마가 답하길, '비교적 타행(他行)에 자유로운 마
단에 비해 귀단은 항상 정체를 감추며 숨어 살아야 합니
다. 숨어 지내는 동안 억눌린 감정들을 해소해야 하는데,
귀단들은 임무를 수행하면서 그 모든 것을 분출합니다.'
라는 의미로 대답하였던 것 같다.

무림에선 대행혈마단을 본교 최고의 무력 조직이라고
뽑지만, 흑웅혈마는 그렇게 생각하지 않았고 대행혈귀단
이 최고라는 것을 암시했다.

바로 지금.

그 대행혈귀단의 수장이 대행혈귀단 전원과 함께 부복하고 있다.

＊　　　＊　　　＊

나 홀로 무공을 모르는 이백여 명의 주민들을 이끌고 있던 와중에 대행혈귀단이 합류했다. 참으로 불행 중 다행스러운 일이었다.

"혈마군이 사천 땅을 넘었고, 그래서 대전이 다시 시작되었다 들었다. 한 치의 거짓도 없이 고해야 할 것이다. 풍마(風魔)."

뿐만 아니라 본교의 수뇌부 중 한 명인 거마로부터, 그간의 사정을 자세히 들을 수 있는 순간이기도 했다.

풍마쌍부는 내 허락하에 고개를 들었다.

"……!"

나조차도 깜짝 놀랄 만큼 무서운 인상이 달빛 아래 고스란히 드러났다.

거기다 몸집이 왜소하고, 그냥 뜬 눈동자에는 수십 년간 벤 살기가 자연히 묻어 나왔다. 이 밤중에 이런 노인과 마주친다면 누구라도 오줌을 지릴 법하다는 생각이 들었다.

한마디로 그를 정의하자면 나이 든 살귀(殺鬼).

사실 풍마의 본 얼굴을 본 건 이번이 처음이다.

귀단주들은 대합회에서도 유일하게 역용이 허락된 탓이었다.

"본좌는 폐관 중이었다. 헌데 어찌해서 생업으로 돌아간 이들을 다시 무장시키고 사천 땅을 넘게 한 것이냐? 너는 알 것이다."

한참 끝에 풍마쌍부가 말문을 열었다.

"……폐관 중이셨사옵니까?"

그런데 풍마쌍부의 음성에는 분노가 깃들어 있었다.

본교가 이렇게 될 때까지 폐관을 하고 있었다는 나를 향한 분노인지, 아니면 다른 이유로 분노를 하는 것인지는 두고 볼일이었다.

"감히 반문하는 것이냐."

"아니옵니다."

"본좌의 심기가 몹시 불편하다. 그 이유를 모르지 않을 터, 아는 대로 거짓 없이 고해야 할 것이다. 혈마군이 왜 동원되었으며 무슨 연유로 사천 땅을 넘었느냐?"

"……."

풍마쌍부는 말수가 별로 없는 노인이었다. 아니면 신중

한 것인지, 몇 박자나 느리게 입술이 열렸다.

"이장로의 명이옵니다."

풍마쌍부의 그 대답에 조금은 마음이 놓였다. 내가 계속해서 걱정했던 것은, '내가 없는 사이에 내분이 있지 않았을까' 하는 것이었다.

하지만 흑웅혈마가 혈마군을 일으켰다면 그만한 이유가 있을 거라 믿는다.

그것에 대해 물었다.

"소마들은…… 교주님께서 황궁에 감금되었다, 알고 있었사옵니다."

대답하는 풍마쌍부의 음성이 부르르 떨렸다.

내가 감금되었다니? 내가 없는 사이에 대체 무슨 일이 일어나고 있었던 것일까.

비로소 풍마쌍부, 이 노인이 분노하는 이유가 느껴졌다. 그의 분노는 나를 향한 게 아니었다. 잘못된 판단을 해서 본교를 이 지경까지 만든 자신과 본교의 거마들을 향한, 자책과도 같은 것이었다.

풍마쌍부는 원한이 가득한 눈으로 지면을 죽일 듯이 노려보면서 저도 모르게 입술을 움직였다. 나온 소리는 없지만 나는 입술을 읽을 수 있었다.

'흑웅혈마 이놈'이라고? 어처구니가 없었다. 풍마쌍

부는 그보다 상마이자 대장로인 흑웅혈마를 욕하고 있었
다.

나는 못 본 체하며 반문했다.

"어찌 된 일이냐?"

"흑웅혈마가 적과 결탁했사옵니다."

풍마쌍부는 장로 호칭까지 없앤 꽤나 대담한 발언을 꺼
냈다. 그러나 흑웅혈마를 향한 나의 신뢰를 깨기에는 역
부족이었다.

"결탁했다?"

"그러하옵니다."

"보아하니 본좌와 대면한 이후에 그리 생각이 바뀐 것
같은데, 아니 그러느냐?"

"그러하옵니다."

"연유가 무엇이냐?"

풍마쌍부는 극도의 분노를 한 탓에 말을 잇지 못했다.
눈앞에 자리한 모든 것을 죽여 버릴 섬뜩한 표정이 한참
동안이나 그의 안면에 자리했다.

"놈은 황궁에 다녀왔고 소마들을 소집하였습니다. 그리
고 사자의 말이 사실이라 하였사옵니다."

인과 관계는 이랬다.

어느 날 대국에서 황제의 사자가 왔다. 사자가 황제의

말을 전하길, 본교의 교주인 나를 감금하고 있으니 교주를 돌려받고 싶거든 직전의 협약을 폐(廢)하고 교역로의 모든 이권을 포기하라, 라는 것이었다.

그때 색목도왕이 사천에 있는 탓에 흑웅혈마가 모든 걸 판단해야 했다.

"처음에는 교주님께서 폐관 중이라 하였사옵니다. 헌데 곧 소마들은 알게 되었사옵니다. 흑웅혈마는 소마들을 안심시켜 놓고, 영단과 대뇌단을 시켜 교주님을 찾도록 하였사옵니다."

"하지만 본좌를 어디에서도 찾지 못하자, 흑웅혈마가 직접 황궁에 다녀왔다. 그리고 본좌가 감금되어 있다는 것을 확인하였다? 이장로가 직접 그리 말하였느냐?"

"예. 그렇게 소마들을 속였사옵니다. 그리고 며칠 후 놈은 교주님을 구한다는 명목으로 혈마군을 일으켰사옵니다."

풍마쌍부가 진노(震怒)하는 건 당연한 일이라, 나는 그를 나무라지 않았다.

풍마쌍부가 어떻게 생각하든 속은 건 오히려 흑웅혈마였던 것 같다. 대국의 황제는 무슨 꾀를 냈는지 몰라도 흑웅혈마를 속이는데 성공 했다.

이해가 되지 않는 것은 그곳에 역용의 대가가 있다고

해도 흑웅혈마 정도쯤 되면 눈치채지 못할 리가 없다는 것이었다.

그때, 한 가지 생각이 뇌리를 스치고 지나갔다.

―이봐.

흑천마검에게 말을 걸었다.

―왜

흑천마검이 따분한 어투로 대답했다.

―백운신검 정도면 흑웅혈마를 속일 수 있겠지?

―그 계집이 이 몸보다는 하등할지라도, 계집보다 더 하등한 인간 따위를 속이지 못할까? 애송이. 네놈은 백운신검이 이 모든 일의 원흉이라 생각하는군?

내가 판단했을 때 본교가 이렇게 된 가장 큰 이유는 혈마군이 사천을 넘어 중원으로 향했기 때문이다.

흑웅혈마를 속여 혈마군을 사천 너머로 유인한 건 대국이었지만 정작, 본교를 상대한 건 황군뿐만이 아니라 동방 무림 전체였다.

대국의 계략이다.

대국은 본교의 혈마군이 사천을 넘으면 지난 정사대전과는 달리 동방 무림 전체가 사력을 다해 일어설 것이며, 심지어는 속세를 떠난 은거기인들까지 환복(換服)할 것이란 확신이 있었던 것이 분명했다.

—흑웅혈마를 속인 게 그것이 맞다면, 이 모든 일의 원흉은 그것밖에 없지.

　—그것이라…… 그냥 그년이라고 하지 그래? 크크큭.

　—백운신검이 비록 여성의 형(形)을 보인다지만, 엄밀히 말하자면 너희들은 성(性)이 없잖아.

　—크큭.

　흑천마검은 괜한 웃음소리를 냈다.

　—이제 할 일은 뻔하겠군 애송이. 나를 잡아라.

　황궁으로 이동해서 사실을 확인하자는 것이었다.

　—이미 벌어진 일. 다시 말하지만 뿔뿔이 흩어진 교도들을 다시 규합하고, 본산을 되찾는 게 우선이다.

　—그 계집이 마음대로 활개치고 다닌다는 게 슬슬 거슬리는데…….

　—마찬가지야. 하지만 일단은 우리가 합의한 대로, 내 뜻에 따라줘.

　흑천마검에게 부탁조로 말했다.

　이럴 때마다 생각하는 건데 녀석과 내 관계는 참으로 애매해졌다.

　흑천마검과 대화를 하고 있는 사이, 풍마쌍부와 대행혈귀단은 여전히 부복한 채로 대기하고 있었다.

　"본좌가 없었다 해도 혈마군, 본교의 십만 혈마군이 동원되었거늘. 이런 참혹한 패배라니……."

거기에 대해선 풍마쌍부도 이렇다 할 말이 없었는지 입을 꾹 다물었다.

"하면 혈마군은 어찌 되었느냐? 진군(進軍)하였다면 적어도 황도는 밟아야 했을 터."

"지휘를 맡았던 삼장로가 없게 된 후 패퇴를 거듭하다, 남방으로 뿔뿔이 흩어졌다는 것만 알고 있사옵니다."

"삼장로 색목도왕은 검황이라는 자에게 끌려갔다. 맞느냐?"

"그러하옵니다."

작금의 상황에 대해 어느 정도 윤곽을 잡은 나는 골치가 더 아파졌다. 어디부터 손을 데야 할지 순간적으로 머릿속이 복잡해졌다.

결국, 여러 생각 끝에 처음 계획을 유지하기로 마음먹었다.

흑웅혈마와 합류한다는 의미보다는, 흑웅혈마가 인솔하고 있는 주민들의 안위 때문이었다. 수십, 수백도 아닌 수만 명이 목숨을 건 피난길에 있었다.

흑웅혈마와 합류한다.

"풍마."

"하문하시옵소서."

"헌데 너와 대행혈귀단은 왜 교지에 남은 것이냐?"

"흑옹혈마가……."

그쯤에서 풍마쌍부의 어투를 정정해 줄 필요가 있었다.

"그만하거라. 이장로는 잘못이 없다. 이 모든 일은 백운신검이 봉인을 깨트리면서부터 시작된 일이다. 후에 전부 알게 될 터! 교법을 지키거라."

그의 말을 가로채며 따끔하게 뇌까렸다.

풍마쌍부의 쭈글쭈글한 입술이 백운신검, 하고 웅얼거렸다.

그러다 그와 대행혈귀단이 남게 된 이유에 대해 설명하기 시작했다.

"신강에서의 전투를 끝으로 이장로는 적의 위세를 꺾을 수 없다고 판단하였사옵니다. 해서 적들이 도착하기 훨씬 전에 본산을 버리고 십시의 주민들을 이끌고 서역으로 떠났사옵니다."

"그리고?"

"이장로가 서방으로 떠나면서 소마와 본대에 남긴 명이 있었사옵니다."

계속 말하라는 뜻으로 고개를 끄덕여 보였다.

"이장로는 혈서당과 보연당의 비급과 보물들을 모두 가지고 떠나기에는 그럴 여유가 없었사옵니다. 남겨진 비급과 보물이 상당하였고 적들이 탈취할 것이 뻔하였사옵니다. 이에 이장로는 본대에게 명을 내려 비급과 보물들을 되찾아 파사국(波斯國:페르시아만을 중심으로 위치한 이슬람 제국) 파달(巴澾)로 오라는 명을 내렸사옵니다."

파사국 파달?

"서방으로 간 것은 알고 있다. 헌데 천축(天竺)도 아니고 토화라(吐火羅)도 아닌, 파사로 간 것인가?"

"그러하옵니다."

야속하게도 풍마쌍부는 확고히 대답했다.

흑웅혈마와 십시 주민들이 서방으로 갔다기에 본교의 교지와 맞닿아 있는 인도나 아프가니스탄 쪽으로 피난길에 오른 줄로만 알았다.

하지만 파사국 파달이라니, 생각치도 못했다. 저쪽 세상으로 따지자면 파사국 파달의 정확한 위치는 이라크의 바그다드 지역이라 할 수 있었다.

"왜 파사국 파달인가? 그 먼 곳을?"

"평소 본교와 친분이 깊었던 파사국의 대상단에게 의탁할 것이라 하였사옵니다."

"그건 외당주 좌조천리의 생각이겠고?"

"그러하옵니다."

"그렇다면 그 대상단은 필시, 하라(遐羅) 상단을 말하는 것이겠고?"

"그러하옵니다."

그렇다면 왜 그 먼 페르시아만으로 향했는지 이해가 간다.

중원까지 오는 이슬람 상단들은 모두 이슬람 술탄의 혈족들이 주인으로 있다. 대륙 간 교역을 술탄 왕가에서 독점하고 있는 셈인데, 그러한 상단에게 의탁하겠다는 것은 왕가에게 의탁하겠다는 말과 동일하다.

흑웅혈마가 이끌고 있는 주민들과 본산에 있던 교도들을 모두 포함하면 그 수는 거진 십만에 육박한다.

그만큼 대규모의 피난민들을 품을 수 있는 곳을 받아 줄 수 있는 곳은 아무래도 이슬람 제국밖에 없다.

그런데 문제는 정마교다. 본교가 동방 무림에 끼치는 영향력만큼은 아니더라도, 정마교도 파사와 천축 등지에 적지 않은 영향력을 가지고 있다. 필시 그들과 부딪칠 수밖에 없는데…….

가슴이 돌덩어리가 가득 찬 것처럼 답답해졌다.

"풍마."

"하명하시옵소서."

우리를 막고 있는 거대한 돌산으로 시선을 돌렸다.

"우리 또한 파사국 파달 쪽으로 향할 것이다. 앞서 길을 뚫을 수 있겠느냐?”

“존명(尊命).”

굳이 살기를 뻗치지 않아도 풍마쌍부가 지은 표정은 무
척이나 섬뜩했다.

쉬쉬쉭!

그림자 이십여 개가 만월(滿月:보름달)을 향해 솟구쳐 사
라졌다.

“페르시아만 바그다드라…….”

나 또한 어둠 속으로 발걸음을 내디뎠다.

제3장

비단길 위에서

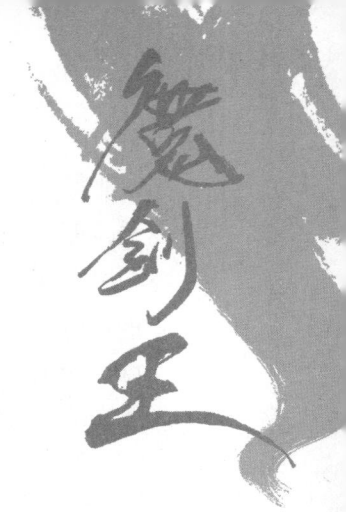

　처음 이쪽 세상과 마주했을 때에는 시간을 이동해서 과
거로 온 줄로만 알았다. 이곳은 영락없이 중국의 옛 모습
과 닮아 있었으니 말이다.

　하지만 현대에서는 초자연적인 관념으로만 여겨지는 기
(氣)가 무술의 형태로 발전되어 있었고, 마검이나 영물과
도 같은 비상식적인 존재들이 실존하고 있었다.

　그래서 이쪽 세상에 대해 연구를 했었다. 지도를 모으
고, 서역에서 온 상인들로부터 궁금한 점들을 물었다.

　1. 지리와 문명이 동일했다.

현실 세계의 지리와 마찬가지로 이 세상도 아시아, 유럽, 중동, 아프리카 대륙에 이르는 지리적 특성이 동일했다. 심지어는 현실 세계에서 중세에 썼던 지역 명칭과 발달 문명까지 동일했다.

그래서 지역명과 이쪽 세상의 문명 발달 수준을 고려하여, 저쪽 세상의 10세기 무렵을 두고 비교했다.

2. 현실 세계의 중세 10세기 무렵과는 지극히 다른 점들이 있었다.

영물, 술법, 내공심법, 진법과 같은 초자연적인 부분들을 예외로 쳐도 현실 세계와 이쪽 세상, 둘 사이의 차이점이 분명했다.

세계적인 관점에서 본 현실 세계의 중세는 문명과 종교의 충돌이 격렬했던 시대였다.

그러한 시대의 흐름에 따라 고대에 강맹했던 국가는 쇠약해지고 그저 역사에 발자취만 남길 뿐이었다. 고대를 지배하였던 로마 제국은 그때 사라지고 없었다.

하지만 이쪽 세상은 아니었다.

중원에서는 대진국(大秦國)이라 불리는 로마 제국이 건재하고 있었다. 뿐만 아니라 현실 세계에서 몰락한 로마 제국과는 달리 고대로부터 이어온 찬란한 영광을 계속 이어 나가고 있는 중이기도 했다.

한참을 궁리한 끝에 결국 그 이유를 존마교에서 찾을
수 있었다.

3. 이쪽 세상에는 존마교가 존재했다.

현실 세계로 치자면, 카자흐스탄과 키르기스스탄 그리
고 타지키스탄과 신장 위구르 자치구에 이르는 광범위한
지역에 널리 퍼진 토속 신앙이 있었다. 그들은 유목민족
특성상 대지모신(大地母神)을 끔찍이 섬겼고, 3세기경에
종교집단의 형식을 제대로 갖추었다.

그것이 존마교다. 사실 그때는 존마교라고 불리지 않았
다.

이 종교의 신화에 따르면 대지모신은 두 아들을 두어,
대지의 수호자로 삼았다 한다.

그리고 그 화신으로 대지에 내려온 두 명의 선지자(先知
者)는 초인(超人)적인 능력으로 대지와 그들의 말과 양 그
리고 낙타를 보호했다.

그렇게 약 오백여 년이 흘렀을 때 이 종교는 사실상 완
전히 다른 성향을 가진 두 개의 파로 나뉘어져 있었다.

그것이 혈마교와 정마교다.

본교의 역사를 자세히 설명하자면 끝이 없어 중요한 점

을 집고 넘어가자면, 본교는 천 년 전부터 존재하였다는 것이다.

현실 세상에서는 로마 제국이 망한 이유를 두고 학자들 간에 아직도 많은 의견차가 있다. 하지만 가장 유력한 설은 아무래도 게르만족의 대이동이다. 그리고 게르만족이 로마 제국으로 남하한 이유가 아시아 대륙으로부터 밀려오는 훈족의 침입 때문이라는 것은 누구나 아는 사실이다.

현실 세계에서 훈족은 분명 유럽 대륙으로 진출했고 그래서 게르만족이 이동하는 결과를 낳았다. 그러나 이쪽 세상은 아니었다.

훈족이 유럽으로 진출할 수 있었던 큰 이유는 수많은 족장 중 하나였던 아틸라가 훈족을 통일하였기 때문이었다.

그런데 아틸라가 훈족을 통일하지 못했다면 유럽으로 진출하지 않았을 것이며 게르만족이 남하해서 로마 제국이 그렇게 멸망하지 않았을 거라는 가정이 이쪽 세상에서 벌어졌다.

당시에 존마교의 두 수장은 아틸라가 대부족의 장이 되는 것을 원치 않았고, 그 결과 아틸라는 훈족을 통일하지 못했던 것이다.

그렇게 로마 제국이 건재하게 되면서 이쪽 세상의 세계사는 판이하게 달라졌다. 없어져야 할 나라가 있고 없던 나라가 있기도 했으며, 들어보지도 못한 신기한 문화들을 서역의 상단들로부터 접할 수 있었다.

4. 결론은 이쪽 세상과 현실 세계의 과거와는 완전히 다른 차원이라는 것이다.

분명히 이쪽 세상이 현실 세계의 과거와 많은 부분에서 닮아 있다는 것은 사실이다. 나비효과처럼, 조그마한 어떤 계기 하나가 세계를 완전히 바꿔 놓았는지도 모른다. 하지만 분명한 건 완전히 다른 역사가 진행 중이라는 것이다.

아주 간단한 예로 지금 우리가 가는 길이 그렇다. 현실 세계의 과거였다면 본교에서 서방으로 갈 때 천산북로, 천산남로, 서역남로라 일컬어지는 세 가지 실크로드 중에 한곳을 택할 수 있었을 것이다.

중앙아시아를 거쳐 카스피해 쪽으로 가거나, 타클라마칸 사막 북쪽과 천산산맥 쪽을 지나 카슈가르를 통과하거나, 사막 남쪽을 통해 카슈가르를 통과하는 식으로 말이다.

하지만 이쪽 세상에서는 천산 산맥과 사막 북쪽을 지나

는 한가지 단선 도로만이 개발되었다.

그래서 천산북로, 천산남로, 서역남로 같이 세분화된 명칭이 없다.

붙여진 이름은 오로지 단 하나.

마로(魔路).

중원에서는 우리가 걷고 있는 이 길을 그렇게 불렀다.

*   *   *

대행혈귀단은 그들의 강력한 무력을 증명하기라도 하듯, 소산에 걸쳐진 천라지망을 뚫었다.

십시 소산을 통해 밖으로 나오자 우리를 맞이한 건 광대한 사막이었다.

인근의 작은 오아시스를 거점으로 삼고 있는 부족을 찾는 것을 최우선으로 삼았다. 그들에게서 낙타를 구매하기 위해서였는데, 우리가 오아시스를 찾았을 때에는 아무도 없었다. 대전(大戰)의 여파로 그들 또한 터전을 옮긴 것 같았다.

낙타 없이 마로에 진입하기까지 상당한 고초가 따랐다.

낮에는 최고 50도까지 오르고, 해가 떨어지는 순간부터는 온도가 급속히 냉각되다 영하 20도에 이른다. 뿐만 아니라 발목까지 깊이 들어가는 모래밭이 주민들을 끈질기게 잡고 놓아주질 않았다.

저쪽 세상의 항공모함에서 꾸준히 시원한 물과 식량 그리고 보온성 물품들을 꾸준히 보급하지 않았더라면, 내공심법을 익히지 않은 주민들로선 한 사람도 살아남지 못했을 것이다.

겨우 모래밭에서 벗어나 마로로 접어들고, 지평선 너머로 웅장한 천산산맥이 모습을 드러내는 순간 모두가 환호성을 질렀다.

겨우 사막을 벗어났을 뿐인데, 주민들은 모든 것을 얻은 것처럼 행복해했다. 주민들 상당수가 안락한 십시에서 나온 적이 없었기 때문이었다. 사막에서의 고행은 듣기만 했고 직접 겪어 본 적이 없는 그들이었다.

본교에서 나와 서역으로 가는 길, 즉 실크로드 위 몇 곳의 작은 거점 도시들이 있다.

악수 또한 그중에 한곳이다.

서역으로 통하는 관문 격이자 교역 도시인 카슈가르에 비하면 그 규모가 무척 작지만, 서역으로 가든 중원으로 들어오든 필시 거쳐야 하는 생명 끈 같은 곳이라 할 수 있었다.

정찰 겸 진로 확보를 위해 우리보다 앞서 움직이고 있

던 대행혈귀단에서 단원 한 명이 정찰 정보를 가지고 돌아왔다.

"역시 악수 또한 동방 무림에 점거된 상태란 말인가?"

"그러하옵니다."

예상한 일이었다.

동방 무림이 십시와 본산을 칠 때, 무작정 사막을 가로질러 오지는 않았을 거다. 사천, 청해, 감숙 위 삼성(三省)을 치고 올라온 기세 그대로 비단길을 밟았을 수밖에 없다.

비단길의 거점 도시들인 돈황, 누란, 쿠틀라, 쿠차, 악수를 순서대로 밟아 십시를 향해 내려갔던 것이다.

"동방 무림에서 온 자들은 대부분 교지에 있다. 악수에는 수가 적을 터. 풍마는 뭐라 하더냐?"

"하명을 기다리고 있사옵니다."

"좋다. 절멸(絕滅)시켜라."

"존명(尊命)!"

쉭!

내게 깊게 허리를 숙였던 검은 그림자가 일순간 모래밭 밑으로 사라졌다.

*　　*　　*

비단길의 거점 도시, 악수에선 피비린내가 진동했다.

―오래된 냄새군.

흑천마검은 단번에 알아보았다. 대행혈귀단이 한바탕 휩쓸고 간 흔적들이 다분했지만, 이 도시는 그보다 오래 전부터 피로 물들어 있었다.

사막은 본교의 통치하에 있으며, 사막 부족들은 본교의 열렬한 신봉자였다. 그들은 당연히 동방에서 칼을 들고 온 자들을 향해 반발했을 테고 그 결과 많은 이들이 목숨을 잃었던 것 같다.

도시 곳곳에 쓰러져 있는 동방 무인들의 시신들은 죽은 지 몇 시간도 지나지 않았지만, 외곽에 산더미처럼 쌓인 부락민들의 시신들은 부패가 진행되고 있었다.

"신아."

내가 부르자 미 군복을 입은 주신아가 빠르게 다가왔다.

"오늘 밤을 이곳에서 여독을 풀 것이다. 저녁을 준비하고, 주민들에게도 오늘 밤 만큼은 푹 쉬도록 전하거라. 내일 다시 움직여야 할 터이니."

"교주님께 드릴 말씀이 있사옵니다."

"말해 보거라."

"하교들이 한곳에 묶인 낙타들을 찾아냈사옵니다."

주신아가 모처럼 밝은 얼굴로 말했다.

사막을 거슬러 올라오는 험한 여정 동안에는 보지 못했던 표정이었다.

"그 수가 무려 백여 마리를 넘는 것 같사옵니다."

아!

한시름 놓였다.

사막을 밟으면서 낙타가 얼마나 간절했던가.

나는 괜찮아도 여인과 노인 그리고 어린아이들뿐인 주민들에게는 낙타 같은 이동수단이 그 어느 때보다 절실했다.

"용케도 남아 있었구나. 낙타를 길러본 적이 있느냐?"

"예."

"하면 신아. 네가 낙타를 책임지고, 너와 같이 낙타를 길러본 자들을 찾아 함께 보살피거라. 장장 만 리(萬里)가 넘는 길에 너희들의 발이 되어 줄 소중한 보물들이다."

"알겠사옵니다."

주신아는 본인도 모르게 활짝 웃었다가, 바로 표정을 고쳤다.

*　　　　*　　　　*

낙타가 생긴 이후부터는 이동이 훨씬 수월해졌다. 시간도 단축돼서 우리는 며칠 지나지 않아 카슈가르 초입에 들어섰다.

도시 장벽이 신기루처럼 아스라이 펼쳐지는 그때, 창을 꼬나 쥔 낙타병(駱駝兵)들이 깃발을 우리를 향해 달려오기 시작했다. 낙타 발굽에 채인 모래들이 모래먼지를 일으켰고, 그런 위압적인 모습에 주민들이 동요하는 게 느껴졌다.

나는 일단 주민들을 세워 낙타병을 기다렸다.

카슈가르부터는 본교의 땅이 아니라, 소륵국(疏勒國)의 영토이기 때문이다. 불필요한 마찰을 일으킬 생각은 없었다. 내가 원하는 건 그저 이 땅을 지나치는 것뿐이니 말이다.

이십 명으로 구성된 낙타병 전대가 우리 앞에 도착했다.

확실히 한족(漢族)과는 다른 외모의 낙타병 대장이 내가 주민들을 이끄는 수장인 것을 알아차리고 선 낙타를 천천히 움직였다.

흰색 터번, 가죽으로 만든 견고한 견갑(肩胛), 중원의 것보다 한 치는 더 긴 창. 그리고 낙타.

비로소 다른 대륙의 시작임을 느끼는 순간이었다.

"혈마교. 대국. 동방 무림. 어디에서 온 자들인가?"

낙타병 대장이 능숙한 중원어로 물었다. 그러면서 그는 주민들을 살폈다.

"그 전에 묻고 싶은 게 있다. 그대들이 섬기는 자가 누구인가?"

"……."

낙타병 대장은 대답 없이 낙타위에서 나를 물끄러미 내려다보기만 했다.

"다시 묻지. 그대들의 왕자와 대장군 간에 큰 싸움이 있었지 않은가? 내전이 어떻게 되었냐, 묻는 것이다. 대장."

소륵국의 내전에 정마교가 끼어들면서 본교 또한 지원을 보냈던 적이 있었다. 소륵국 내전이 종결되기 전에 정사 대전이 터지는 바람에, 그 결과를 알지 못했다.

만약 왕자가 내전에서 승리하였다면 이들은 우리 편이고, 대장군이 승리하였다면 이들은 우리의 적이 될 확률이 높았다. 본교는 왕자를, 정마교는 대장군을 지원했기 때문이다.

그때.

"그건 제가 답해 드리지요오오."

가냘픈 여자의 목소리가 울렸다. 하늘에서 내려온 그녀는 고혹적인 눈동자를 나를 쳐다보면서 고양이처럼 교태스러운 포즈를 취했다.

"산화혈녀. 혈마교주님을 뵈어요."

"네 주안술(朱顔術)은 여전하군."

숙청에서 살아남았던 전(前) 삼장로 산화혈녀.

"소녀는 여전히 아름답지요?"

그녀가 입을 손으로 가린 채 호호호 하고 요사스럽게 웃었다.

＊　　　＊　　　＊

카슈가르는 본격적으로 이슬람 문화권이 시작되는 곳이다.

대부분 인종은 투르크계로 이루어져 있었고, 적지 않은 비중으로 뾰족한 코를 가진 백인계 위구르족 계열이 있다.

동방 무림에서 일컫는 색목인(色目人)은 대개가 이 백인계 위구르족과 현대의 러시아인 아라사(俄羅斯)의 슬라브계 민족을 말하는 것이었다.

그만큼 완전한 백인종(白人種)은 색목도왕 외에는 본 적이 없었는데, 이곳 카슈가르에서는 간혹 그들이 보였다.

"이쪽이여요."

산화혈녀의 뒤를 따랐다.

멀리 보이는 소륵국의 왕궁으로 가기 위해 시장을 관통했다.

시장은 무역 상인들을 위한 무역 시장인 것 같았다. 그러나 생각보다 시장에 활기가 없었다. 교지에서 벌어지고 있는 대전의 여파인 것 같았다.

십시 주민들은 가는 길마다 사람들의 시선을 몰고 다녔다.

아무리 남자 없이 여자와 노인 그리고 아이들만으로 구성된 집단이라지만 미 해군복으로 통일된 복장을 입고 하나같이 낙타를 타고 있었으니, 그 모습이 제법 위압적으로 다가오는 모양이다.

산화혈녀도 주민들의 복장을 재미있다는 듯이 쳐다본 후, 나와 눈이 마주치면 요사스럽게 눈웃음치는 것으로 시선을 거둬들였다.

거마들 대부분이 일장로였던 벽력혈장이 벌였던 역란(逆亂)때 숙청됐다.

나는 그들을 죽이거나 천년금박에 떨어트렸다. 하지만 그때 빠르게 노선을 바꾼 탓에 목숨을 구한 이가 둘이 있었으니, 바로 삼장로 산화혈녀와 오장로 흑야풍이다.

산화혈녀와 흑야풍을 유배 형식으로 카슈가르의 분교로 보내 소륵국의 내전에 힘을 쏟도록 시켰다.

그런데 오랜만에 다시 재회한 산화혈녀에게서 뭔지 모를 위화감이 느껴졌다. 그녀의 천성을 고려한다 할지라도 말이다.

"배교(背敎)를 한 것이냐. 산화혈녀."

시장을 거의 빠져나올 무렵, 산화혈녀의 등에 대고 물었다.

산화혈녀는 놀라는 척하면서 걷는 속도를 늦췄다. 그러고는 내 옆에 나란히 걸으며 말했다.

"어머! 흑웅(黑熊)도 소녀에게 그렇게 물었었지요. 그때 소녀가 뭐라고 대답했을까요."

결코 교주에게 행할 언행이 아니다.

"하하!"

산화혈녀의 건방진 태도에 웃음을 참을 수가 없었다.

"흑웅혈마도 여기를 지나쳤겠지."

"온갖 고생이란 고생은 다 겪은 듯한 몰골로 왔었죠. 불쌍한 사람들을 수만 명이나 데리고 왔어요. 차마 소녀도 그때만큼은 눈물을 참을 수 없었답니다. 흑웅이 조금만 성정이 유순했더라면 소녀가 많이 보살펴 줬을 것인데……."

산화혈녀는 우는 시늉을 했다.

뒤에서 따라오고 있던 주신아가 바짝 굳어진 얼굴로 빠르게 다가오는 게 보였다. 멀리서 보기에도 산화혈녀의 행동이 너무 오만방자했기 때문이었다.

그런 주신아에게 손을 펼쳐 다가오지 못하게 한 다음 산화혈녀를 바라봤다.

"교주님은 어쩜 뵐 때마다 점점 강건해 지시는지…… 진노가 언제 떨어질까 조마조마했는데 화를 내지 않으시는군요?"

"내 화를 돋으려는 이유가 뭘까, 생각 중이었다."

"교주니이임."

그녀가 간드러진 목소리와 함께 내 옆에 더욱 바싹 달라붙었다.

"생각이라니요. 아직도 소녀의 목을 베지 않으시다니, 정말 놀랐사와요."

"너는 본교가 완전히 패망하였다 생각하는군."

그렇지 않고서야 그녀가 내게 이럴 수는 없는 법이다. 한마디로 겁을 완전히 상실한 그녀의 모습에 화보다도 가슴이 먼저 쓰렸다.

앞서 지나쳐간 흑웅혈마와 수만 명의 주민들이 소륵국

에서 무슨 대접을 받았을지, 굳이 보지 않았어도 눈앞에 선했다. 비렁뱅이 취급하면서 내쫓듯 국경 밖으로 추방시켰겠지.

"산화혈녀. 네 대답을 듣지 않아도 알겠구나. 너는 본교를 배신하였다."

"어머! 그럼 소녀는 천년금박으로 보내지는 건가요?"

그러면서 산화혈녀는 방실방실 웃었다.

그녀는 나를 조롱하는 것을 복수라고 여기는 게 분명했다. 내가 그녀를 직위 해제시키고 본산에서 멀리 유배시킨 것에 대해 앙심을 품고 있었던 것이다.

"전지전능하신 교주님. 소녀는 천년금박이 무섭사옵니다."

"산화혈녀."

"하문하시옵소서."

산화혈녀는 하교들이 하는 것처럼 내게 깊숙이 허리를 숙였다. 그런데 상체를 일으킬 때 그녀의 얼굴에 머물러 있는 것은 명백한 비웃음이었다.

이렇게 노골적인 도발과 조롱을 받아본 적이 언제인지 기억나지 않았다.

"저치들을 믿는 것이냐?"

전방으로 시선을 돌렸다.

낙타병들이 한참을 앞서 걸어 우리를 유도하고 있었다.

"교주님께서 말씀하시는 저치들은 고작 스무 명밖에 되지 않사옵니다아. 어찌 소녀가 스무 명만 믿고 전지전능하신 혈마교주님께 이러한 망발을 지껄이고 있겠사옵니까아."

역시 산화혈녀가 믿는 것은 소륵국이다. 내전이 어떻게 되었는지는 모르겠으나, 그녀는 소륵국에서 완전히 자리를 잡았다.

이렇게까지 오만방자하게 나오는 걸 보면 병권(兵權)을 손에 쥐었는지도 모르겠다.

"오히려 교주님께서 믿고 계신 건 바로 저치들이 아닌지요오?"

산화혈녀가 바라본 곳은 길가에 나열한 가옥들의 지붕 쪽이었다.

그런데 그쪽은 꾸준히 나를 따라 움직이며 은신을 유지하고 있는 대행혈귀단이 있었다. 그녀가 대행혈귀단을 눈치챈 것이다!

나는 적잖이 놀랐다.

산화혈녀가 한때 혈마장로였다고 해도, 대행혈귀단의 은신술을 알아차릴 수는 없다고 생각했었다.

그녀에게 기연이 있었던 게 분명하다. 지금 그녀에게서

느껴지는 심후한 공력이 또 다른 증거라 할 수 있었다.

"기연(奇緣)이 있었다고 해서, 나를 대적할 수 있을 거라 생각하느냐?"

"그럴 리가요!"

이번에도 또 산화혈녀는 펄쩍 뛰는 가증스러운 연기를 보였다.

"소녀가 서방의 무공을 접한 건 사실이랍니다. 서방의 무공은 아주 소녀의 취향이었죠. 하오나 소녀가 어찌 대혈마교의 전지전능하신 교주님을 대적할 수 있겠어요? 그런 말씀 다시는 마셔요."

"하면, 소륵국 따위가 나를 막을 수 있을 거라 생각하는 것이냐?"

"그런 말씀 마시라니까요오. 혈마교가 패망했다고 해서, 교주님의 신위(神威)가 갑자기 사라지기라도 한 건 아니잖아요. 교주님께서 하시겠다면 여기서 소녀의 죽이고, 소륵국 병사들도 모조리 도륙하시겠지요."

그때 산화혈녀가 품고 있는 생각을 알아차렸다.

"혈마장로 위에 있었던 것 치고는 참으로 비겁해졌구나. 산화혈녀. 주민들을 인질로 삼겠다?"

산화혈녀를 죽일 수 있다. 카슈가르에 있는 소륵국 병사들을 모조리 상대하면서도 유유히 이 나라를 빠져나갈 자신도 있다.

하지만 어디까지나 나 혼자일 때의 이야기. 이 나라의 병사들이 움직이면 결국 피해를 입는 건 십시 주민들이다.

"그런 것도 아니랍니다."

"본좌를 더 욕보인다면…… 더 이상 인내(忍耐)할 수 없을 것이다."

기운을 피어 올리며 말했다. 앞서 가던 낙타병들이 낙타를 멈춰 세우면서 바로 내 쪽으로 낙타 머리를 돌렸다.

뿐만 아니라 이쪽에 촉각을 세우며 은신하고 있는 대행혈귀단처럼, 소륵국에도 그런 것들이 있었다.

슈슈슉!

그들의 존재는 진작에 눈치채고 있었다. 그것들은 몸을 숨긴 채 산화혈녀를 따라 꾸준히 움직였다. 마치 산화혈녀의 호위 무사처럼.

아니나 다를까, 산화혈녀를 중심으로 그것들이 모습을 드러냈다.

터번을 쓰고 곡도(曲刀)를 쥔 위구르계 전사였다. 그들은 총 사십 명이었는데 한 명 한 명이 내공의 고수로 보였다.

대형혈귀단도 그들과 동 시간에 같이 모습을 드러냈다.

풍마가 살기등등한 눈빛으로 내게 허락을 구했다.

그때.

산화혈녀의 목소리가 위구르 전사들 틈에서 들렸다. 하지만 소륵국에서 쓰는 언어라서 알아들을 수는 없었다. 그런데 그 어투는 아랫사람을 나무라는 듯한 훈계조였다.

산화혈녀의 호통이 끝나기 무섭게 위구르 전사들은 모습을 감췄다. 대행혈귀단도 남아 있을 이유가 없어서 나도 대행혈귀단을 물리쳤다.

산화혈녀가 분명히 매혹적인 눈웃음을 지으며 다가왔다.

"귀영친위대에는 비할 바 못 되도 썩 나쁘지는 않아 보이죠?"

혈마교에서 유배 온 여자 하나를 호위하기에는 충분히 과하였다고 생각한다.

산화혈녀가 계속 말을 이었다.

"아…… 소녀가 눈치도 없이 귀영친위대 얘기를 꺼냈네요. 귀영친위대는 본산에서 모두 죽었다지요?"

귀영친위대 전원이 전부 죽어?

얼굴이 참담하게 일그러졌다.

"모르셨구나아?"

"인…… 내의 한계를 시험하고 있는 것이냐? 배교도

여."

"어머! 소녀가 아직 말씀드리지 않았구나. 소녀를 자꾸 배교도라 하시는데 그러면 섭섭하답니다. 소녀는 배교가 아니라 탈교(脫敎) 한 것이니까요오."

물끄러미 산화혈녀를 바라봤다.

설마?

그러자 그녀는 순진한 것으로 꾸민 얼굴로 고개를 여러 번 끄덕였다. 교도가 여자일 경우 탈교를 할 수 있는 유일한 방법이 있다.

어느새 쥐어져 있던 주먹을 풀었다. 산화혈녀를 향해 어처구니없는 웃음을 터트렸다.

"네가 결혼을 하였다? 설마 흑야풍과 한 것은 아니겠지?"

"그 추한 노인네를 어찌 소녀의 낭군과 비교할 수 있겠어요. 소녀의 낭군은…… 아!"

그 무렵 우리는 왕궁 정문에 도착하고 있었다. 산화혈녀가 중간에 말을 끊고 활짝 열린 정문에 서 있는 남자를 향해 달려갔다.

산화혈녀를 품에 안은 남자를 유심히 바라봤다.

그는 커다란 노란색 호박 보석이 박힌 흉갑(胸甲)을 입고, 허리띠 골반 끝 양쪽에는 두 자루의 곡도가 도집도 없이 끼워져 있었다.

위구르 민족답게 피부는 연한 구리 빛에 가까웠고 눈썹은 짙었으며 콧대가 높았다. 무장 상태만큼이나 체격 또한 건장해서, 남자에게선 제대로 된 장군의 품격이 느껴졌다.

산화혈녀가 그녀의 남편인 것이 분명한 남자와 핑크빛 로맨스를 찍고 있는 사이, 남자의 옆에 서 있던 철장(鐵杖)을 쥔 노인이 몸을 날렸다.

휘익.

착!

노인은 귀신처럼 날아들어 곡예사처럼 멋지게 착지했다. 무미건조한 눈길로 나를 쓰윽, 하고 한 번 쳐다본 그가 허리를 숙이며 말했다. 역시 흑야풍 또한 내게 앙심을 품고 있는 것 같다.

"교주님을 뵈옵니다."

노인은 산화혈녀와 같이 카슈미르로 유배되었던 흑야풍이었다.

가볍게 고개를 끄덕인 다음 산화혈녀와 그녀의 남자를 턱으로 가리키며 말했다.

"저자가 산화혈녀의 남편인가?"

"예, 저분이 소륵국왕 카라코람 전하이십니다."

그 말인 즉, 산화혈녀가 소륵국의 왕후란 뜻이다.

"그러고 너는 배교하여 카라코람을 섬기고?"

흑야풍은 나를 빤히 바라보더니 대답하지 않고선 등을 돌렸다.

* * *

배교는 본교에서 가장 엄히 다스려야 할 죄이다. 다른 이도 아닌 숙청 속에서 한 번 용서를 받았던 자가 또다시 배교를 하였다면, 결코 살려둬서는 아니 될 일이라고 생각했다.

산화혈녀는 배교가 아니라 탈교라고 쳐도 흑야풍은 아니다.

그를 처단해야 한다. 하지만 나와 함께 온 주민들의 안전이 문제인데…….

"그리 심각하게 고민하실 것 없어요. 교주님."

산화혈녀가 한 무리의 시녀들과 함께 응접실로 들어왔다. 그녀는 비단과 보석으로 치장된 화려한 의복을 입고서 나타났다.

산화혈녀가 내 앞에 마주하고 앉았다.

"소녀는 당연하거니와, 흑야풍 또한 배교를 한 게 아니랍니다."

"지금 어디에 있지?"

"흑야풍은 친위대장(親衛隊長)이여요. 전하 곁을 지키고 있는 게 당연하지요오. 어머! 그리 무섭게 쳐다보지 마셔요. 교주님. 흑야풍은 전하의 끈질긴 구애에도 불구하고 끝까지 배교를 하지 않았으니까요오."

"말을 재미있게 하는군. 전향을 했으나 배교는 하지 않았다?"

"흑야풍이 전하의 구애를 받아들인 건 그날이었어요."

"그날?"

"혈마교의 이장로가 수만 명이 넘는 사람들과 함께 본국(本國)에 들어섰던 날. 그러니까 지금부터 대략 석 달 정도 지났겠네요."

산화혈녀가 뒤쪽을 향해 가볍게 손짓을 했다. 그러자 시녀 둘이 큼지막한 나뭇잎 부채를 들고 와 천천히 부채질을 하기 시작했다. 마침 후덥지근했던 차였는데 바람이 선선하다.

"혈마교의 이장로라……."

"후훗."

"계속 말해 보거라."

"교주님. 소녀는 소륵국의 왕후랍니다. 교주님께서 소

녀에게 하는 언행을 전하께서 아시면 심기가 많이 불편하실 거여요. 가뜩이나 혈마교가 패망했음에도 불구하고 전하께선 교주님을 일국의 군주로 접대하시는데 말이지요오."

내가 뭐라 한마디 하기도 전에, 산화혈녀는 계속 말했다.

"흑야풍이 친위대장의 위(位)를 받아들인 게 그날이었단 거죠. 우리 눈으로 혈마교의 패망을 확인한 날…… 혈마교가 패망하였으니 흑야풍이 전하를 섬기는 건 결코 배교가 아니지요오."

"본좌가 여기 이렇게 버젓이 네 앞에 있거늘."

"그러게요. 소녀도 한때는 혈마교의 대장로였었죠. 그래서 묻고 싶네요. 교주님께선 삼황이 두려워 교를 버리고 서역으로 도망치신 게 아니셨나요?"

그러면서 산화혈녀가 빙그레 웃었다.

나는 대꾸하지 않았다. 그런 소문이 있다는 것은 알고 있었다. 내가 주화입마하여 죽었다는 소문만큼이나 퍼진 소문이니 말이다.

"저런……."

갑자기 산화혈녀가 혀를 차면서 고개를 저었다.

"불쌍한 흑웅. 교주님이 여기에 있는지도 모르고 얼마

나 고생을 하고 있을꼬……."

나는 산화혈녀가 계속 말하게 내버려 뒀다.

"이장로가 그 많은 사람을 이끌고 왜 파사로 갔겠어
요?"

그렇지 않아도 그게 의문이긴 했다.

전세가 꺾였다. 머지않아 십시와 본산이 함락이 기정사
실이 되었다면 주민들을 피난시켜야 하는 건 맞았다. 하
지만 왜 서역일까. 서역 초입은 정마교의 세력권으로 충
돌이 불가피 했을 것이다.

물론 서역이 아니라면 갈 곳이라곤 대륙 남쪽인 대리국
뿐이다.

하지만 대리국이 본교를 받아줄 리가 만무하니, 정말
어쩔 수 없다면 남쪽에 흩어진 혈마군을 하나로 규합하여
대리국을 임시적으로 점령할 수도 있었다.

혈마군이 비록 지휘관을 잃고 혼란에 빠진 사이 패퇴에
패퇴를 거듭하였다지만, 그래도 대리국 정도는 충분히 함
락시킬 힘이 있었다.

"흑옹혈마에게 직접 들은 거냐? 그리로 가겠다고?"

"비슷해요오. 이제 어떠신가요? 교주님께선 흑야풍을
처단하실 건가요? 본국에는 중요한 문제라 대답해 주시길
바래요."

"내전을 불식시킨 건 대장군 같더군. 정마교가 지원하였던."

"하나는 맞고 하나는 틀려요. 당시에 대장군이었던 전하께서 내전을 불식시킨 건 맞아요. 하지만 정마교는 그때쯤 지원을 철회하고 있었죠. 때마침 북천축(北天竺)에서도 왕가의 싸움이 있었다죠. 정마교는 이 조그마한 나라의 내전보다는 북천축의 왕가에 전력을 쏟기로 한 모양이었죠. 그래서."

"훗."

"눈치채셨나요?"

"왕자를 버리고 대장군 쪽으로 전향했군. 대장군 쪽에 붙는 게 너희들에게 떨어지는 게 컸었던 모양이지? 물론 결과가 말해 주고 있다만."

"세속적인 그런 게 아니여요. 사랑의 결실이랍니다. 호호호."

"너희들은 배교를 하지 않았다지만, 당시에 이미 본교의 명을 어겼다. 본좌는 너희들에게 왕자를 지원하라 하였다."

왕자가 내전에서 승리하면 본교를 국교로 삼겠다 약조하였기 때문이었다.

어쨌든 곤란하게 되었다.

더 이상 처벌할 수 없게 산화혈녀는 이 나라의 왕후가 되었다. 그녀에게 손을 대는 순간 이 나라의 칼이 전부 나와 주민들을 향한다.

그뿐만이랴.

소륵국은 지리상의 이점 때문에 대국(大國)인 토화라(현재의 아프가니스탄)와 천축(현재의 인도)과 관계가 친밀하다.

흑웅혈마와 수만 명의 교도들을 찾기 위해서라면 반드시 지나야 할 땅들의 주인이 모두 적으로 변하고 마는 것이다.

"하면 소녀와 흑야풍을 혈마교의 교법에 의하여 처벌하실 건가요오?"

절대 그럴 수가 없지. 산화혈녀는 그런 뜻이 가득한 눈을 한 채 배시시 웃었다.

나는 동요하지 않고 고개를 저었다.

"어머!"

"……."

"교주님께서 흑웅과 함께 혈산에 처음 들어오시던 날, 그때 그 소교주님의 모습이 아직도 생생한데요. 교좌에 오르시고 나신 후에도…… 젊다는 건 그런 거잖아요. 교주님께선 항상 열화(熱火)를 품고 있었죠."

어려서 치기만 있었다는 표현을 그런 식으로 표현하고 있었다.

"지금만 같으셔요. 하면 무사히 파사까지 당도하실 수 있으실 거여요."

"하하. 소륵국의 왕후께서 이리도 본좌를 생각해 주시다니."

스읍.

공력을 일으키며 산화혈녀를 노려보았다.

산화혈녀는 요사스럽게 웃고 있지만, 내가 끓어 올리는 공력에 비례하여 그녀의 이마와 콧등에 맺힌 땀도 많아지기 시작했다.

아마도 그녀가 팔을 들어 손바닥을 활짝 펼친 것은, 응접실 곳곳에 은신하고 있는 소륵국 고수들을 제지하는 수신호였던 것 같다.

산화혈녀도 공력을 일으켰다.

분명히 이전에 비하면 괄목할 만할 발전이 있었으나 그뿐이다.

얼굴에서 미소가 사라지는 그 순간, 핏기가 싹 가시면서 그녀의 온몸이 부르르 떨렸다.

그때도 은신하고 있던 소륵국 고수들이 튀어 나오려 했다.

산화혈녀는 또다시 그들을 제지하고는 나를 바라보며 말했다.

"역, 역시 못 당하겠어요. 소녀를 죽이실 게 아니라면 그만 노여움을 푸셔요. 더 나가시면 전하께서 전사들을⋯⋯."

내가 공력을 거둬들이자 산화혈녀는 몇 번이나 큰 숨을 골랐다.

"하악, 하악."

"이장로가 파사로 떠날 때, 부족한 형편에도 본국의 식량 창고를 열어주었어요. 소녀도, 흑야풍도 혈마교의 부활을 바란답니다."

"그래도 본교의 장로였다고 정이 남아 있다는 것이냐?"

산화혈녀는 여전히 숨을 고르면서 그렇다고 대답했다. 호흡을 완전히 되찾았을 때, 그녀가 전과 동일한 요사스러운 미소를 지으며 입을 열었다.

"본국에 있는 정마교도들을 모두 내쫓은 것도 소녀랍니다."

"네가 흑야풍과 나이 차가 얼마 나지 않는 것을 알고 있다. 소녀, 소녀. 그 소리 좀 그만하지 못하겠느냐."

"우리 전하께는 고하지 않으실 거죠?"

산화혈녀가 장난스럽게 말했다.

"농은 그만하고. 네가 왕후가 되었다니 마침 잘 되었다."

"……."

"너와 흑야풍을 처벌하지 않겠다. 또한 탈교를 인정하마. 대신 조건이 있다."

"말씀하셔요."

"본좌가 이끌고 온 주민들을 보살펴다오."

"세상에. 지금 대 혈마교주께서 소녀에게 부탁하시는 건가요오?"

"싫으냐? 본좌가 돌아올 때까지 주민들을 잘 보살펴 준다면, 너희들의 죄를 없던 것으로 하겠다는 것이다."

"싫을 리가요. 교주님이 언제 오실까. 그간 어찌나 잠자리가 사납던지요. 잠결에 뭐라도 바스락거리면 심장이 미친 듯이 날뛰었던 말이죠. 호호호. 그런데 소녀를 어찌 믿으시고 그런 용단을? 아하! 대행혈귀단을 남기시는 것이로군요오?"

"너 하나 목을 따지 못하겠느냐?"

"그러지 마셔요. 대행혈귀단을 남기지 않으셔도 소녀는 교주님께서 온전히 돌아오실 때까지 주민들을 보살필 거랍니다."

자리에서 일어났다.

"가시게요? 뭐 그리 급하세요. 소녀가 교주님께서 좋아하실 만한 아이들을 마련해 두었답니다. 오늘 밤은 묵고 가서요. 설마하니 소녀가 이 나라의 왕후인데 그 정도 대접을 못하겠어요오?"

잘 참고 있다.

속으로 중얼거리면서 산화혈녀의 말을 무시했다.

"교주니이임."

산화혈녀가 황급히 따라붙었다.

"하나 말씀드려도 될까요오?"

"나를 욕보이려거든……."

산화혈녀가 내 말을 끊었다.

"신위가 하늘에 닿아 있는 건 교주님뿐만이 아니에요. 서방에도 능히 그런 자들이 있사와요. 더욱이 그자들은 생소한 서방의 무공을 익혔지요. 그런데 말이에요. 서방의 큰 나라들은 동방의 대국과 달라요. 무림과 관(官)이 별개가 아니랍니다. 서방의 절정 고수들은 대게 그 나라의 큰 무장(武將)들과 영주들이지요. 그 점을 항상 마음에 두고 계셔야 귀찮지 않으실 거여요."

흥!

"주민들을 피를 나눈 형제처럼 보살피고 있거라. 알겠

느냐?"

그렇게 뇌까리고선 응접실 문을 열고 나갔다.

주민들을 위해 항공모함에서 감자와 달걀 그리고 건조
된 고기를 더 가져와 남겼다.

"지금 떠날 것이다."

"교도들에게 떠날 채비를 하도록 이르겠사옵니다."

주신아가 답했다.

"아니다. 본좌가 직접 너희들의 부모와 형제를 찾아 다
시 돌아올 것이다."

"하명하시옵소서."

주신아는 송구스러운 얼굴로 고개를 숙였다.

"비록 타국이라 하나, 한때 본교의 장로였던 산화혈녀
가 왕후로 있고 흑야풍이 친위대장으로 있다. 만일의 일
에 대비하여 대행혈귀단을 남겨 너희들을 지키게 할 것이
다. 이런 내 말을 교도들에게 전해 안심시키거라. 할 수
있겠느냐?"

"존명."

주신아의 눈이 촉촉이 젖어 들어갔다. 차마 교주의 앞
이라 눈물을 흘리지는 못하고 고개를 푹 숙인 채로 눈물
을 훔치는데 내 가슴도 쓰라렸다.

하지만 흑웅혈마가 저 먼 페르시아만으로 이끌고 간, 교도 수만 명의 생사 또한 시급한 일이었다.

한 번 지면을 밟아 하늘을 날 듯 멀리 솟구쳤다.

콰앙!

단전의 공력이 폭발시켰다.

비호(飛虎)처럼 달린다. 때로는 황무지가, 때로는 초원이, 때로는 고산이 나타났다 사라지길 반복하며 그것들의 광경이 시야를 비껴간다. 그렇게 붉은 줄기로 형용된 기운들이 내가 지나쳐간 자리에 유성흔(遊星痕) 같은 궤적을 남기고 있었다.

＊　　　＊　　　＊

험준하고 척박한 고산(高山)이 끊임없이 이어졌다.

무공을 모르는 주민들을 이끌고 왔다면 이 주는 넘게 걸렸을 길이다. 하지만 혼자의 몸으로 경공에 전력을 다하니, 만 하루가 되지 못해서 파미르 고원에 진입할 수 있었다.

현실 세계에서는 '세계의 지붕'이라고 유명한 중앙아시아의 파미르 고원.

하지만 이쪽 세상에서는 마고(魔高)라는 이름으로 잘 알려져 있다.

파미르 고원은 겨울에 내렸던 눈이 아직도 녹지 않아, 고원 전반에 걸쳐 하얗게 자리 잡고 있었다.

속도를 낮췄다.

내 발걸음에 설 얼은 눈밭에서 뿌드득 소리가 났다. 인근에서 풀을 뜯고 있던 순록은 갑자기 나타난 웬 인간 때문에 놀라 도망쳤다.

그쯤에서 허공에 대고 나지막하게 말했다.

"나오거라."

전신을 검은색 천으로 감싼 수십 명이 사방에서 모습을 드러냈다.

그들은 행색부터가 고산 민족들과는 달랐다. 어떤 보온구(保溫具) 하나 없이 얇은 무복 하나를 입은 게 다였다. 얼굴을 칭칭 감싼 검은 천 사이로 그들의 녹색 눈동자들만 보일 뿐이었다.

"반교(半教)의 거마인가? 감히……."

정마교도들은 본교를 반교라 불렀다.

그가 능숙한 중원어로 그렇게 말했다.

"이미 알고 있지 않느냐."

내가 말했다.

"여긴 본교의 교지! 반교의 거마라면 그 사실을 모르지 않지 않은가? 제 처지를 모르는 광오한 자로군!"

타클라마칸 사막 전역이 본교의 교지인 반면에 파미르 고원 전체가 이들, 정마교도의 영역이다.

"너희들의 대전(大殿)으로 안내하거라. 내 너희들의 교주에게 물을 게 있으니!"

"감히!"

"너희들의 교주에게 안내하라 하였다."

내가 보란 듯이 공력을 흘리며 음성을 터트렸다. 수장을 비롯한 정마교도들이 흠칫거리면서 내 공력에 저들도 모르게 반응했다.

"반교도들의 사정이 딱해 마음을 크게 쓰려 하였건만…… 정 그렇게 나온다면, 본교를 매정하다 하지 마라! 반교의 거마여."

수장이 날카롭게 뇌까렸다.

그와 수하들이 허리에 차고 있던 곡도를 꺼내는 그 순간, 강맹한 바람 한줄기가 빠르게 날아와 우리 앞에 멈췄다.

자리하고 있던 모든 이들이 바람과 함께 나타난 노인을 향해 허리를 부복했다. 그러고는 내가 모르는 이쪽 지방의 언어로 큰 소리로 외치기 시작했다. 아마도 정마교의 교언이 아닐까 싶다.

노인을 바라봤다.

노고수(老高手)의 풍모를 그대로 간직한 자였다. 파미르 고원의 차가운 바람에 펄럭이고 있는 그의 붉은색 용포(龍袍) 마냥, 노인의 멋들어진 흰 눈썹도 바람에 휘날렸다.

바위같이 단단해 보이면서 쩍쩍 갈라진 전완근(前腕筋)과, 고원의 암석같이 드넓은 체구가 한눈에 들어왔다.

노인.

아니, 정마교주가 분명한 그가 내게 말을 걸었다. 하지만 이번에도 역시 내가 모르는 언어였다.

그가 다시 말을 건넸다.

이번에는 중원어였다.

"예의 없는 교도들을 살려 준 걸 감사드리오. 혈마교주."

그도 나를 한 번에 알아보았다.

"별말씀을. 처음 뵙소이다. 이리 마중까지 나오시다니. 내 직접 고산의 끝에 올라 교주를 찾아뵈었을 텐데 말이오."

내가 말했다.

"혈마교의 소식은 익히 들었소. 본인 또한 탄식에 탄식을 금치 못하였소. 비록 혈마교와 본교가 비록 몇 대에 걸쳐서 척을 지고 있다고는 하나, 한때는 한 형제가 아니었소?"

전 정사대전에서 본교의 뒤통수를 쳤던 것이 누구였더라.

그것을 까맣게 잊어먹을 만큼 치매가 걸린 것이든, 얼굴이 강철보다 두껍든, 일단 정마교주는 같은 교주로서 정중히 나왔다.

"형제의 맥이 끊겼으니 이 어찌 탄식할 일이 아니겠소."

정마교주는 나처럼 노화순청을 넘어 반박귀진의 경지에 이르렀다. 그의 공력을 가늠할 수 없는 게 그 증거였다.

"그래도 혈마교주가 풍문과는 달리 이리 살아 있으니, 그것이 또 혈마교의 홍복이 될 것이오."

정마교주가 포권하며 말을 마쳤다.

"그리 말씀해 주시니 참으로 고맙소이다."

나도 동일한 포권으로 답례를 하는 한편, 주위에 스며든 기운들을 훑었다.

정마교주가 이끌고 온 친위대는 본교의 귀영친위대와 같은 수인 이백 명.

모두 은신해서 모습을 감췄지만 개개인에서 느껴지는 기운이 심상치 않다.

─네놈 꼴이 참으로 재미있구나. 애송이.

흑천마검이 낄낄거렸다.

—보아하니 애송이 너는 저 노인네 하나도 버거울 터! 저들이 모두 덤비면…… 크큭. 네 목숨은 이제 저 노인네에게 달렸다. 자 어쩔 테냐?

흑천마검이 말할 때마다 등에 맨 검신 전체가 부르르 떨렸다.

그것을 눈치챈 정마교주가 흑천마검을 흘깃 쳐다봤다. 순간적으로 칼날같이 매서운 눈길이 흑천마검에 머물렀다가 사라졌다.

사십여 년 전, 전대 교주가 흑천마검과 합일하여 단신으로 파미르 고원에 오른 적이 있었다. 그때 정마교주는 크게 혼쭐이 났었다.

정마교주도 생각이 있다면 나를 궁지로 모는 일은 없을 것이다.

"본교의 이장로와 교도들이 교주의 땅을 지나쳤을 것이오."

"그렇소."

"교주는 그들을 보내 주었소?"

정마교주는 쉽게 대답하지 않았다.

대답을 기다리는 동안 심장이 쿵, 쿵 하고 소리를 내며 뛰었다.

정마교주가 악랄한 마음을 가졌다면, 이장로와 십시 주민들은 이 고원에서 몰살(沒殺)을 당할 수밖에 없기 때문이다.

뿌리가 같다고는 하나 적으로 갈라선지 수백 년, 그간 쌓인 적개감이면…….

"그럼 아니 보내 주었겠소?"

정마교주가 쇄골까지 닿은 긴 수염을 쓰다듬으며 말했다. 그 모습만 보면 인자한 노장수와 영락없이 닮았다. 하지만 이자의 가면 뒤에 악귀가 숨어 있다는 것을 잊어서는 안 된다.

그래도 교주된 자로 거짓은 하지 않았을 터이니…… 나는 속으로 간담을 쓸어내렸다.

"내 이 빚을 잊지 않겠소."

"뭘 그리 서두르시는 거요."

말이 끝나는 그 순간 정마교주의 얼굴에 만연해 있던 미소도 사라졌다.

그럼 그렇지, 속으로 생각하면서 긴장을 늦추지 않았다.

"셈은 하고 가야 하지 않겠소이까?"

"크큭. 지금 본인에게 통행료를 내라는 것이오?"

"그간 본교와 혈마교가 척박한 땅 위에 수백 년의 명맥

을 이을 수 있었던 이유가 무엇이었겠소? 그 누구도 예외
는 없소이다. 교주야말로 누구보다 잘 아시지 않소."

"……."

정마교주가 한 마디 하는 순간, 파미르 고원 곳곳에서
정마교 고수들이 쉬지 않고 쏟아질 것이다.

물론 당장 눈앞의 정마교주가 가장 큰 문제지만.

"정말 본교의 교도들을 보내 준 것이 맞소?"

"혈마교의 이장로는 과연 셈에 밝더이다. 혈마교에서
가지고 나온 모든 재물을 내려놓고 목숨을 애걸 하였소.
어찌나 그 모습이 측은하던지…… 천둥벌거숭이 같은 어
린 것을 교주로 둔 업보가 아니겠소?"

"크큭……."

가슴 저 밑바닥부터 참을 수 없는 웃음이 새어 나왔다.

정마교주가 이제야 본색을 드러내는 것이었다.

"수백 년의 맥을 끊고도, 자결(自決)하지 않은 게 용하
구나."

"이날만을 손꼽아 기다렸구나. 늙은이."

우리는 가식을 떨쳐 내고 한마디씩 주고받았다.

"과연 천둥벌거숭이답게 철면피(鐵面皮)로군."

"그리 좋아할 것 없다. 늙은이. 동방 무림이 사막을 점
령하였으니, 이제 그 칼날이 어디로 향할 것 같으냐? 아

둔하지 않다면 본좌가 다시 본교를 수복하길 진심으로 바래야 할 것이다."

내가 한 말이 정곡을 찔렀는지, 정마교주는 말없이 나를 노려봤다.

나 또한 조용히 흑천마검을 꺼내 들었다.

십이양공 십일성.

내가 펼칠 수 있는 극성의 공력을 끌어 올렸다.

화아아악!

단전에서부터 치솟은 열기가 사방으로 뻗어 나가며 사방의 살얼음들을 녹였다. 그리고 흑천마검은 검신을 휘감은 붉은 강기들로 인해 용광로에 집어다 넣은 것처럼 시뻘겋게 변했다.

"선택하여라. 늙은이. 정마교의 운명을 걸고 본좌와 쓸데없이 싸울 것 이냐. 아니면 길을 비켜 본좌가 본교를 수복하길 바랄 것이냐."

"크흐흐흐……."

외모와는 어울리지 않는 기괴한 웃음소리가 정마교주의 입술 사이로 흘러나왔다.

파앙!

그 순간 화산이 폭발하듯, 정마교주의 전신에서도 엄청난 기운이 터져 나왔다.

나와 정마교주가 극도의 공력을 끌어 올린 여파로 지면이 흔들리기 시작했다. 내 주위로, 정마교주 주위로 땅이 갈라졌다.

땅이 우르르거리면서 울음소리를 냈다.

고산에서는 녹은 얼음들이 물줄기를 만들면서 빠르게 흘러내렸다.

지면이 심하게 더 흔들거렸다.

암석이 굴러 떨어지고 산사태가 났다.

우리가 아무 말 없이 서로를 노려보는 사이, 대지는 더 심하게 울었고 고산은 암석덩어리 눈물을 쉴 새 없이 떨어트렸다.

이윽고.

"크흐흐흐흐. 본교의 제단이 혈마교주의 심장을 원하지만…… 교주의 말대로 아직은 때가 아닌 것 같소이다. 교지를 지나가시오. 교주!"

정마교주가 공력을 거둬들이며 하늘로 솟구쳤다.

은신하고 있던 정마교주의 친위대도 모습을 드러내 그 뒤를 따랐다. 고원 초입부터 나를 쫓아왔던 자들도 함께 사라졌다.

재해가 휩쓸고 지나간 듯, 엉망이 된 대지 위에 남은 것은 오로지 나 혼자였다.

그날 저녁, 지나치면서 본 고원의 어떤 부락들은 그들의 유르트(고산 민족의 둥근 이동식 천막)를 옮기고, 어떤 부락은 땅에 대고 제사를 지냈다.

이들의 말을 몰라 제사를 지내는 이유를 물을 수는 없었으나, 아마도 나와 정마교주가 일으킨 지진 때문이었을 것이다.

*   *   *

"키리쿰 사막쯤 온 것 같은데……."

황야에서 나오자마자 또다시 펼쳐진 건 끝이 보이지 않는 모래밭이었다.

화산 못지않은 거친 산을 타다 보면, 어느새 고원이 나오고 고원의 끝에는 사막이 있으며 사막을 가로지르면 또다시 거친 산이 나온다.

진(陣)에 갇힌 것처럼 제자리를 맴돌고 있다는 느낌을 지울 수가 없다. 이따금씩 지나친 고산 부락이나 사막의 오아시스 도시들이 아니었다면, 정말로 같은 곳을 헤매고 있는 게 아닐까 의심했을 거다.

"슬슬 지치네."

따가운 햇살에 눈살을 찌푸렸다. 그러고는 들고 있던 생수를 벌컥벌컥 들이켰다. 그것은 항공모함에서 가져온 지 불과 몇 분밖에 되지 않았다. 시원한 물줄기가 식도를 타고 위로 넘어갔다.

"이런 식이라면 조만간 길을 잃고 말겠지. 길잡이가 필요한데……."

세밀한 지도가 있는 것도 아니고, GPS 기기를 쓸 수 있는 것도 아니었으며 그렇다고 이정표가 제대로 세워져 있는 것도 아니었다.

그동안은 배가 고프면 항공모함에서 냉동고기를 가져와 익혀 먹으면 됐고, 쉬고 싶으면 군용 천막을 펼쳐 눈을 감으면 됐다.

그래서 부락이나 오아시스 도시를 찾을 이유가 없었다.

있다면 오직 하나, 흑웅혈마와 십시 주민들의 흔적을 알아보는 것이었는데 이제는 그것마저도 쉽지 않아졌다. 말이 통하지 않기 때문이다.

"메르브라면……."

키리쿰 사막 남쪽에는 메르브라는 오아시스 도시 국가가 있다. 소륵국의 카슈가르만큼 교역 도시로서 크게 번영한 곳이다.

그곳이라면 중원어를 익힌 길잡이를 찾을 수 있을지도

모른다. 운이 좋으면 페르시아만으로 가고 있는 중원의
상단과 합류할 수 있을지도.

엉덩이까지 처진 군용 백팩을 다시 끌어 올린 다음 발
걸음을 서둘렀다.

주인 잃은 낙타와 마주쳤다. 낙타 등에는 무거운 짐들
이 잔뜩 묶여 있었다. 낙타는 지친 기색이 역력했다. 얼
마나 오랫동안 이 무거운 짐들에 묶인 채 떠돌아다녔는지
금방이라도 쓰러질 것 같이 보였다. 아니나 다를까, 내가
짐을 풀어주자마자 낙타는 제자리에서 풀썩 주저앉았다.
그러고는 감사의 인사라도 하듯 내 발등을 핥았다.

"지친 게 아니라 다친 것이었구나. 쯧쯧."

낙타 뒷다리 부근에 그리 오래되지 않은 자상(刺傷)이
있었다.

메고 있던 군용 백팩을 내려놓았다. 항공모함에 자주
왔다 갔다 하는 것보다는 필요한 것들을 한 번에 챙겨 놓
은 것이 편했다.

마침 백팩 안에 의약품으로 소독약과 바늘 그리고 봉합
실과 붕대를 챙겨둔 게 있었다.

그것들로 낙타를 치료했다.

그렇게 다시 걸음을 옮긴 지 얼마 되지 않을 때였다.

피 냄새가 났다. 비명도 들렸다.

칼 소리가 점점 가까워졌다.

한 여성의 처절한 울부짖음을 무시할 수 없던 나는 그쪽으로 방향을 틀었다.

뿌연 모래먼지 사이로 낙타 떼들이 어지럽게 날뛰고 있었다. 낙타 위에는 어김없이 사람이 타 있었고, 낙타 고삐를 쥐지 않은 다른 한 손에는 휘어진 양날검이 쥐어져 있었다.

질서라곤 하나도 없어 보였다.

얼핏 보면 난잡한 축제 같았다.

그들은 휘어진 양날검을 머리 위로 휘휘 돌리면서 이상한 소리들을 냈다. 그러면 중앙에서 들려오는 여자의 비명 소리는 더 커져갔다.

"사막 도적 떼군."

부녀(父女)지간으로 보이는 장년인과 젊은 여성이 있었다.

그 둘은 무릎이 꿇린 채로 서로 부둥켜안고 있었는데, 그 앞을 도적 떼들의 낙타가 위협하듯 빠르게 지나치고 있다. 그러면서 도적 떼들의 양날검이 장년인의 눈앞을 획획 지나갔다.

보아하니 작은 규모의 카라반이 사막 도적 떼에게 습격

을 받은 상황이다.

도적 떼들 중에 유독 눈에 띄는 자가 있었다. 상의는 탈의해서 없고, 아라비아풍의 헐렁한 바지만 입고 있는 자였다. 그는 다른 도적 떼들과는 달리 낙타도 타지 않고선, 미친 듯이 날뛰는 낙타 사이를 유유자적 걷고 있었다. 단검 세 자루를 곡예 부리듯 가지고 놀면서 말이다.

나는 그가 이 도적 떼의 두목이라는 것을 단번에 알아차렸다. 체구가 가장 컸을 뿐만 아니라 내공의 소유자이기도 했다.

하지만 이상한 일이었다.

"음?"

도적 두목의 기운은 단전에서부터 나오는 게 아니었다.

다시금 집중을 해 봐도 똑같았다. 그의 공력이 응집되어 있는 곳은 그의 생식기 쪽이다.

기는 오로지 단전을 통해서만 배양(培養)되는 것인데, 도적 두목의 모든 기운이 생식기에 응집되어 있는 것이 아닌가?

"서방의 무공은 신기하다더니……."

순간적으로 멍해졌다.

휘익.

도적 두목이 가지고 놀던 단검을 회수하면서 휘파람을

불었다. 날뛰던 낙타들이 멈추고, 도적들은 그들의 두목에게 집중했다.

도적 두목이 허리를 숙였다. 시신의 배에 꽂혀 있던 양날검을 빼 들더니, 무정한 얼굴로 카라반 상인에게 걸어갔다.

젊은 여성이 아비의 죽음을 직감했는지 울면서 도적 두목을 향해 기어갔다. 그러고는 뜻 모를 언어로 애원하기 시작했다.

제발 아버지만은 살려 주세요. 하라는 대로 전부다 할게요. 제발.

분명히 그런 어투였다.

그런데 여성을 내려다보는 도적 두목의 눈빛이 심상치가 않았다.

갑자기 수풀 속에서 튀어나온 독사처럼, 그의 눈에서 살기(殺氣)가 순간적으로 번뜩였다.

두목의 팔이 그의 허리를 빠르게 스쳤다. 정확히는 허리띠에 달려 있는 단검을 건드렸다. 어느새 단검은 허리띠에서 빠져나와 있었다. 그것이 정확히 수직으로 여성의 뒷목을 향해 떨어지고 있었다.

여성의 뒷목에 단검이 내리꽂히려는 그 순간.

파앙!

짧은 파공음과 함께 단검이 튕겨 날아갔다.

두목이 탄지가 날아온 진원(震源), 그러니까 나를 향해 시선을 돌렸다.

낙타 무리들 사이로 두목의 예리한 눈빛이 꽂히듯 날아왔다.

그가 휘어진 양날검으로 나를 가리키며 성난 목소리를 터트렸다.

도적들이 낙타를 몰고 달려오기 시작했다.

순간적으로 오십 마리가 넘는 낙타들이 전력을 다해 뛰자, 모래 폭풍이라고 해도 좋을 거대한 모래 먼지가 피어올랐다.

높은 낙타들 위로 피 묻은 양날검 수십 개가 햇빛을 받아 번쩍거려 댔다.

나는 모습을 드러냈을 때와 마찬가지로 천천히 걸어 나갔다.

도적 떼는 해일처럼 밀려왔다. 투르크 계열의 남성들이 험상궂게 얼굴을 일그러트리며 악을 질러대는 것만으로도 충분히 위압적인데, 그들은 하나같이 빠른 낙타에 몸을 싣고 있다.

그들은 앞에 무엇이 있든 달려온 그대로 휩쓸고 지나가기에 충분했다.

충돌하기 일보 직전.

"죽이지는 않으마."

그렇게 중얼거리며 낙타 떼 속으로 몸을 밀어 넣었다.

죽일 것까지는 없다고 생각했다.

피해 없이 제압할 수 있기 때문이었다.

그래서 마주치는 대로 점혈(點穴)했다.

내 손길이 스쳐 갔던 자들은 어김없이 낙타 위에서 굴러 떨어졌다.

반절 정도 되는 인원이 바닥에 뒹구는 사이, 나머지는 달려온 흐름대로 무리들과 함께 나를 지나쳤다.

남은 무리들이 멀리서 내 쪽으로 다시 방향을 틀었을 때, 하나같이 놀란 눈들을 부릅떴다. 당연히 죽어 있었어야 할 내가 거짓말처럼 서 있고, 오히려 그들의 동료가 바닥에 나뒹굴고 있었다.

나와 눈이 마주친 도적 두목이 몸을 움직였다.

그가 소리를 질렀다.

반절 정도 남은 도적 무리는 처음처럼 질주하지 않고, 도적 두목이 내게 다가오는 속도에 맞추듯 천천히 움직였다.

나는 도적 무리는 무시하고 도적 두목에게 집중했다.

생식기에 응집된 공력을 어떤 식으로 운행할지 궁금했다. 나는 그가 자만하지 않고 전력을 끌어 올릴 수 있게끔 유도하기로 했다. 그래서 약간의 공력을 담아 탄지(彈指)를 튕겼다.

쉬익!

탄지는 정확히 도적 두목의 얼굴을 향해 날아갔다. 피하거나 막지 못해서 죽는다면 어쩔 수 없는 것이다. 아니면 서방의 무공을 견식할 수 있는 좋은 기회였다.

두목이 제비 돌면서 옆으로 크게 뛰었다.

탄지가 아슬아슬하게 두목의 정수리 끝을 스치고 지나갔다. 방금 전 두목은 범인(凡人)을 초월한 신체 능력을 보여준 것이다.

그건 공력을 운용하지 않고서는 불가능한 일이다. 헌데 두목의 생식기에 응집된 공력은 조금도 움직인 적이 없었다.

두목이 험상궂게 얼굴을 구기면서 반격에 나섰다. 내가 탄지를 보내듯, 그 역시 단검을 쏴 보낸 것이다. 그는 이번에도 내공을 쓰지 않았다. 그럼에도 불구하고 단검은 초고수급의 살수(殺手)가 쏘아 보낸 비수만큼이나 빨랐다.

"역시 내공은 담기지 않았어."

단검이 한 치 앞으로 다가온 순간, 검지와 엄지로 가볍게 쥐었다.

"……!"

두목이 걸음을 멈추며 이를 악물었다. 내가 그의 단검을 낚아챈 게 그리도 놀라운 모양이다.

"내공을 쓰지 않으면서도 이리 빠르게 단검을 보냈다는 건…… 외공(外功)이란 건가. 하지만."

그렇다고 외공으로 확정 지을 수만은 없는 게, 그가 진정 외공의 고수라면 내가 탄지를 쏴 보냈을 때 그것을 피하기보다는 단련시킨 부위로 막았을 것이다. 하지만 그는 내가의 고수가 경신술을 쓰듯 가볍고 빠른 몸놀림으로 탄지를 피했다.

"으아아아압!"

두목이 괴성을 지르며 돌진하기 시작했다. 이번에도 달려오는 속도가 어지간한 경신술 못지않다. 또 경신술이 아닌 것이 분명한 게, 모래밭 위에 그의 족적(足跡)이 뚜렷이 남는다.

"결국 전반적인 신체 능력을 극대화시켰다는 것인데……."

그렇다면 그건 더 말이 되지 않는다. 인간의 신체 능력은 정해진 한계가 있다. 신체 능력의 최고점을 찍었다 하더라도, 지금 두목이 달려오는 속도는 말이 되지 않았다.

그 속도가 어찌나 빠른지 꾹 눌러쓰고 있던 터번까지 튕기듯 날아가고, 그의 헐렁한 바지는 마주치는 바람에 사정없이 나부꼈다.

그는 순식간에 내 앞에 당도했다. 호선을 그리며 떨어지는 양날검이 정확히 내 목을 노렸다.

"쩝."

입맛을 다시며 수도(手刀)로 양날검 검신을 가볍게 튕기듯 쳤다. 검이 반절로 쪼개졌다. 뿐만 아니라 거기에 힘을 싣고 있던 두목의 균형도 무너져서 모래밭에 얼굴을 박았다.

"서방의 무공은 잘 견식하였다. 아직은 의문투성이지만."

일어서려는 두목의 등을 지르밟았다.

그가 내 발밑에서 발버둥 치는데, 과연 저항하는 힘이 장난이 아니었다. 하지만 이윽고 끈 끊긴 꼭두각시 인형처럼 그의 전신이 축 늘어졌다. 두목인 만큼 목숨을 거둬들였다.

남은 도적 떼들이 도망치기 시작한 것도 그때쯤이었다.

유독 한 녀석만이 적당히 거리를 유지한 곳에 서서 내게 한참을 뭐라고 떠들어대다 사라졌다.

두고 보자.

뭐 그런 게 아니었을까 한다.

젊은 여자에게 다가갔다.

어차피 말도 통하지 않아서 입은 열지 않고 그녀의 상태만 살피려 했다. 그런데 까무잡잡한 피부의 아랍계 미녀가 울음을 터트리면서 내게 먼저 뛰어들었다.

그녀가 눈물까지 흘리면서 열심히 뭔가를 말했다.

"감사의 인사는 그만하면 됐습니다."

내가 웃으며 대답했다. 도리어 그녀는 세차게 고개를 저었다.

그때 그녀의 아버지인 카라반 상인이 우리 쪽으로 다가왔다. 살아남았던 호위 전사 둘도 상인과 함께였다.

여자도, 카라반 상인도, 호위 전사들도 뭐라고 열심히 떠들어 댔다. 당연하겠지만 하나도 알아들을 수 있는 말이 없었다.

그러던 중 모두가 다급한 목소리를 터트리며 내 뒤쪽을 가리켰다.

제4장

카라반

　　모래 폭풍인 줄 알았다.

　　그러나 먼 사막 능선에서 나타난 건 엄청난 모래 먼지
와 함께 모습을 드러낸 또 다른 도적 떼였다. 얼핏 세어도
백은 훌쩍 넘었다. 백에서 그친 게 아니라 그 수가 점점
불어나고 있다.

　　어떻게 이리 빨리 온 거지? 이유야 어쨌든 애꿎은 살상
을 하고 싶지 않았다. 하지만 상황이 어쩔 수 없게 돌아가
고 있었다.

　　저것들을 처치하지 않는 이상 끝까지 따라붙을 테니까.

　　도적들이 나타난 능선 쪽으로 몸을 튕기려는 그때, 갑

자기 여자가 내 손목을 잡아끌었다.

카라반 상인이 둘만 남은 전사들에게도 뭔가를 황급히 지시하고 있었다.

전사 둘이 낙타 세 마리를 끌고 왔다. 낙타 등에 짐을 고정시키고 있던 로프를 거침없이 잘라냈다. 둘이 한 마리에 올라타고 카라반 상인도 다른 한 마리를 차지했다.

여자는 내게 낙타를 가리키면서 열심히 말하기 시작했다.

아마도 타라는 뜻인 것 같았다.

여자는 점점 가까워지는 도적 떼를 쳐다보며 발을 동동 굴렀다.

내가 잠깐 머뭇거리는 것도 기다릴 수 없다는 듯, 그녀가 먼저 낙타에 올라탔다.

그 위에서 나를 강하게 잡아당겼다.

카라반 상인도, 두 전사도 내게 소리쳤다.

그들이 짓고 있는 표정이 어찌나 절박한지 나는 못 이긴 채 여자 뒷자리로 뛰어올랐다.

여자는 내 두 팔을 끌어당겨 자신의 허리에 감쌌다. 손바닥에 보드란 피부가 닿았다. 여자는 짧은 상의에 아라비안풍 바지를 입고 있었다. 상의와 바지 사이, 그러니까 배꼽 부근의 피부가 드러나 있었는데 마침 내 손이 거기에 닿은 것이었다.

꽉 잡아요.

여자는 내게 그런 눈빛을 보내며 고개를 끄덕였다. 그 얼굴이 너무도 진지해서 나는 속으로 웃음을 지었다. 그러고 보니 이 여자.

아랍계 미녀구나.

카라반 상인과 두 전사 그리고 아랍계 미녀는 쉬지 않고 달렸다.

그들은 모르는 사실 두 개가 있었다. 하나는 내가 기풍(氣風)으로 도적 떼들의 접근을 막았을 뿐만 아니라, 거리가 멀어지는 순간부터는 낙타의 족적을 지우고 있다는 것.

그리고 다른 하나는 도주하는 방향이 메르브가 있는 남쪽이 아니었다면 진작에 나는 낙타에서 뛰어내렸을 거라는 사실이었다.

도적들이 보이지 않은지 두 시간쯤 넘게 지난 것 같았다. 그래도 이들은 지옥의 악귀가 쫓아온다고 느끼는 지, 절대 안심하지 않고 낙타를 한계까지 내몰았다. 그러다 낙타가 더 이상은 못 가게다고 주저앉은 때가 오고야 말았다. 한 마리가 그러자 나머지 낙타들도 따라서 주저앉았다.

두 전사가 발길질을 해도 낙타는 주저앉은 자세에서 꿈쩍하지 않았다.

전속력을 다해 몇 시간을 뛰었다. 낙타도 이만하면 최선을 다한 거다.

발길질을 해 대는 두 전사를 말렸다.

대신 나는 백팩에서 생수를 꺼내 뚜껑을 따서 그들에게 건넸다.

둘은 휘둥그레진 얼굴로 생수를 빤히 바라보기만 했다. 내가 억지로 쥐어 주고 나서야 둘의 얼굴이 감격으로 가득 찼다. 억만금을 준다 해도 지을 수 있는 표정이 아니었다.

한편 열심히 대화를 나누고 있던 카라반 상인과 아랍 미녀, 그 부녀지간도 물을 보자 눈빛이 달라졌다. 둘에게도 생수를 줬다.

백팩에 마지막 남아 있던 생수 하나는 내가 조금 마시고, 낙타들의 목도 축여줬다.

모두가 물로 잠깐 한숨을 돌릴 수 있었다.

물을 다 마신 카라반 상인이 아랍 미녀와 함께 내 앞으로 걸어왔다.

그가 내게 뭐라고 열심히 말하더니 모래밭 위에 양 무

륜을 꿇었다. 아랍 미녀도 그랬다. 둘은 내 팔을 하나씩 양손으로 조심히 잡고, 손등에 입을 맞췄다. 한쪽에는 거친 입술이 다른 한쪽에는 보드란 입술이 닿았다.

"구해 주고 물까지 줘서 고맙다? 그런 거지요?"

둘을 일으켜 세웠다.

해가 사막 능선에 걸쳐 있었다. 조금 뒤면 밤이 찾아오고 그럼 이 사막의 기온은 언제 그랬냐는 듯, 영하로 뚝 떨어지고 만다. 뿐만 아니라 이들은 급히 도망치느라 물도 식량도 없었다.

이대로 내버려 두면 영락없이 사막 위에서 해골이 될 판이었다.

"메르브까지 갑시다. 그때까지는 내가 당신들을 도와주겠습니다."

남쪽을 가리키며 말했다.

"메르브?"

아랍 미녀가 눈을 반짝이며 나와 똑같은 방향으로 집게손가락을 뻗었다.

"메르브! 메르브!"

카라반 상인뿐만 아니라, 두 전사들 또한 몇 번이나 남쪽을 가리켰다.

"메르브까지 여기서 얼마나 걸립니까?"

그냥 묻는 걸로는 의미가 없다. 내가 할 수 있는 모든 손짓, 발짓을 다 써서 물었다.

내 물음을 이해한 건 아랍 미녀였다.

그녀 또한 이쪽 지방의 언어로 대답하면서 곱게 맞댄 손을 뺨에 댔다.

마치 잠을 자는 듯한 몸짓이 세 번.

"삼 일 정도 걸리는 겁니까?"

손가락을 세 개 펴서 다시 물었다. 아랍 미녀는 예쁜 미소와 함께 고개를 끄덕였다. 비록 말은 통하지 않지만 바디 랭귀지가 통해서, 그녀도 꽤나 즐거워하고 있었다.

아랍 미녀와 대화를 계속 시도했다.

그리고 오래 지나지 않아 그녀의 이름을 알 수 있었다.

"나디아?"

내가 말하자 그녀의 미소가 더 밝아졌다.

"정?"

나도 웃으면서 고개를 끄덕였다.

나디아는 단지 예쁘기만 한 여자가 아니었다. 낙타들 때문에 인근에서 야영하기로 결정이 난 순간, 그녀는 제 아버지에게 그의 짧은 곡도를 요구했다. 그녀가 뭘 하는지 유심히 지켜봤다.

그녀는 곡도로 제 바지를 찢어 햇빛 가리개를 만들어 얼굴에 뒤집어썼다.

그 덕에 허벅지까지 구릿빛 속살이 드러났음에도 불구하고 개의치 않아 했다. 오늘 있었던 일로 몸이 천근만근 무거웠을 것이다. 하지만 그녀는 다른 건장한 두 전사만큼이나 열심히 움직였다.

식량을 찾기 위해 시야가 닿지 않은 먼 곳까지 오갔고, 해가 지고 나서는 전사들과 함께 관목(灌木)들을 모아 모닥불을 피웠다.

뿐만 아니라 어딘가에서 작은 설치류를 잡아오기까지 했다.

그녀의 아름다운 미모에 가지고 있던 선입견이 싹 사라지는 순간이었다.

우리는 모닥불을 중심으로 둥그렇게 앉았다. 슬슬 기온이 떨어지고 있었다.

나는 나디아와 사람들에게 기다리는 손짓을 하면서 자리에서 일어났다. 그런 다음 그들의 시선이 닿지 않는 곳, 모래 언덕 뒤편으로 이동해서 항공모함에 다녀왔다.

사람들이 놀라면서 뛰어왔다.

있는 것이라곤 모래뿐인 사막에서 갑자기 뭔가를 산더미처럼 들고 왔으니 말이다.

10인용 군사용 천막은 조립 전에도 부피가 컸다.

"천막 1개, 전투 식량 10개. 군복과 야상 4벌, 전투모와 전투화 4개. 침낭 4개."

모닥불 앞에 내려놓으며 하나씩 확인했다. 다 내려놓고 보자 한 번에 이 많은 것을 들고 온 내 자신이 용했다.

"다들 어떻게든 스스로의 힘으로 살아 보겠다는 의지들이 있어서. 도와 드리는 겁니다."

그런 것도 없이 남에게 의지하려고만 했었다면 항공모함에 다녀오는 일은 없었을 거다.

"일단 천막부터 치고, 이게 뭔지는 그다음에 설명하지요."

혼자서 천막을 치기 시작했다.

대체 이 검은 머리 이방인이 가져온 게 무엇이며, 대체 무엇을 하고 있는지. 모두의 시선이 내게서 떠나질 않았다.

10인용 천막은 혼자 치기에는 많이 불편하다. 그렇다고 말이 통하지 않는 이들에게 도움을 요청하는 것도 아니함만 못하는 일이었다. 하는 수 없이 뼈대를 잡은 다음 공력을 일으켰다.

허공섭물.

어느새 모래밭에 반쯤 파묻혀 있던 천막 고정 핀들이

둥실 떠올랐다.

쉬이익.

고정 핀 열두 개가 일제히 각각 다른 방향으로 천천히 날아갔고, 로프 여섯 개는 살아 있는 뱀처럼 꿈틀거리며 천막을 휘휘 감았다.

그러자 이 사람들 사이에서 난리가 났다.

나와 눈이 마주치면 생글 웃던 나디아도 이 순간만큼은 얼굴에서 핏기가 사라졌다.

그들은 단순히 놀란 것만이 아니었다.

"살라딘!"

"살라딘!"

나디아를 제외하고는 모두가 그렇게 중얼거리며 뒷걸음질 쳤다. 이들을 구해 준 생명의 은인이자 이국에서 온 고수가 순식간에 무서운 대상이 되어 버린 것이다.

나디아에게 어깨를 으쓱해 보였다. 영문 모르겠다는 표정과 함께.

걱정 말아요. 난 당신을 믿어요.

나디아는 내게 그런 비슷한 눈빛을 보냈다.

그녀가 카라반 상인과 두 전사를 안심시키려고 노력하는 동안, 나는 신경 끄고 천막을 완성시켰다. 그때까지도 카라반 상인과 두 전사는 나를 힐끔힐끔 쳐다보면서 어찌

할 바를 모르고 있었다.

살라딘이 뭔지, 어떤 오해가 있었는지는 모른다. 그들을 다시 내 곁으로 불러들인 건, 일부러 반응하지 않는 내 태도도 그들을 안심시키려는 나디아의 노력도 아니었다.

내가 건넨 전투 식량, 그중에서도 치즈 얹은 비스켓에 그들의 오해가 한순간에 풀렸다.

다음 요리를 선보였다.

발열팩으로 데운 치킨 페스토 파스타(Chicken pesto pasta).

이번 전투식량의 메인 요리다.

카라반 상인은 과연 상인다웠다. 두 전사가 귀한 옷을 선물 받았다면 좋아하고 있을 때, 그는 예리한 눈길로 전투복을 쓰다듬고 있었다.

그는 안감을 보고, 구겨보기도 하고, 카라를 접었다 펴보고, 지퍼를 열었다 내렸다 하면서 전투복을 꼼꼼히 살폈다. 성난 모래바람이 불어와도 그는 눈 한 번 깜짝하지 않고 엄청난 집중력을 보였다.

그의 탐구열은 전투복에서 그치지 않았다.

플라스틱 생수병을 모닥불에 비춰보면서 그의 입이 쩍 벌어졌고, 단단하게 처진 천막 안에 들어갔다 나왔을 때는 그의 얼굴이 감탄을 넘어선 감격에 가깝게 변해 있었다.

하물며 고어텍스를 적용시킨 전투화를 신어 봤을 때는 오죽했을까.

오늘 그는 전 재산을 잃었다. 심지어 목숨까지 잃을 뻔했다.

하지만 지금 그의 얼굴에선 오늘 그가 겪었던 고난(苦難)들을 어디에서도 찾아볼 수 없었다.

전투복, 천막, 전투화, 생수.

그것들을 바라보는 카라반 상인의 얼굴에 무수히 많은 생각들이 담겼다.

주신아와 십시 주민들은 이렇게까지 격한 반응을 보이지 않았다. 신념적인 차이가 있어서도 그렇지만, 카라반 상인은 현대 세계의 군용 물품들이 얼마나 진귀한 것들인지 알아보는 눈을 가지고 있었던 것이다.

하지만 천 년을 앞선 문명에서 가져왔다는 것은 꿈에도 생각하지 못하겠지.

카라반 상인에게 다가갔다. 그는 이제 쓰레기가 된 전투식량 봉투에도 관심을 쏟고 있었다. 그가 텅 빈 전투식량 봉투를 보물 다루듯 조심히 매만지다가, 나를 올려다봤다.

서로 말은 통하지 않아도 표정과 어투에서 상대의 의중을 짐작할 수 있는 법!

　"무슨 생각을 하고 있는지 압니다. 하지만 욕심을 버려야 할 겁니다. 그것들 모두 다른 세상의 기술이니 말입니다."

　나는 단호하게 말했다.

　　　　　*　　　　*　　　　*

　도적 떼들은 사막 독수리를 이용할 줄 알았다. 그래서 낙타들의 족적을 지워내도 소용이 없었다.

　어느 순간부터 나타난 사막 독수리는 끈질기게 우리 위 하늘을 맴돌았다.

　저것들을 끝까지 추격해!

　사막 독수리는 마치 그런 명령을 받은 군견(軍犬) 같았다.

　독수리를 개처럼 길들여 활용하다니. 남만의 왕이 야수들을 수족처럼 부린다는 말을 들어 알고는 있다만, 사막의 도적 떼들에게서 그런 것을 보게 될 줄은 생각지 못했다.

　검기를 날려 독수리를 땅에 떨어트려도 몇 시간 후면

새로운 독수리가 나타났다.

도적 떼들도 마찬가지였다.

한 무리의 도적 떼들을 해치우면 새로운 도적 떼들이 나타났다. 무의미한 살상이 싫어 점혈로만 제압하던 것이, 놈들의 악바리 근성에 불을 더 붙인 것인지도 몰랐다.

어쩔 수 없이 피를 볼 수밖에 없었다.

나디아 일행을 앞서 보낸 후, 이 지긋지긋한 사막에 백여 명이 넘는 도적들을 제물로 바쳤다.

"대인의 무공에 탄복! 탄복했소이다!"

이 한족 놈은 그중에서 유일하게 살려 둔 도적 떼 일원이었다.

말이 통하고 놈의 무공이…….

"대인의 무공에 탄복! 탄복했소이다. 대인이 아니었으면 이 오랑캐들에게 평생을 개처럼 질질 끌려다녔을 거요. 동향(同鄕) 고수의 도움을 받을 줄이야 꿈에도 생각 못 했소."

조금까지만 해도 중원어로 "살려 주시오! 살려 주시오!"하고 애걸복걸하던 놈이 점잔 빼며 말했다.

"질질 끌려다녔다?"

"대인께서도 보지 않으셨소? 나는 이 오랑캐들의 투노(鬪奴)로 어쩔 수 없이 함께하고 있었던 것이지, 절대 좋아서 하는 짓이 아니었소."

놈은 사방에 죽어 나자빠진 도적 떼들을 힐끔힐끔 쳐다 보면서 얼굴을 구겼다.

그러더니.

"이 죽일 놈들! 언제까지 나를 가지고 놀 줄 알았나 보지? 꼴좋다!"

하면서 가까이 있는 시신을 있는 힘껏 걷어찼다.

그러고는 쓰고 있던 터번을 벗어 시신 위로 내팽개치고, 거기에 가래침을 뱉었다.

"그만해라."

놈의 등 뒤에 대고 말했다.

"삼 년을 넘게 이것들에게 끌려다녔던 것을 생각하면…… 하지만 대인께서 그만두라니 그만두겠소."

놈이 중원어로 살려 달라 외치지 않았다면, 나는 놈이 한족인 것을 알아차리지 못했을 것이다. 그만큼 놈의 피부는 그을릴 대로 그을려서 현지인과 같았고, 차림도 아라베스크가 새겨진 가벼운 조끼에 아라비안 바지를 하고 있었다.

"이 은혜 평생 잊지 않겠소."

놈은 포권을 한 뒤 등을 돌렸다. 마치 아무런 일도 없었던 것처럼 걸어가기 시작했다.

"크큭⋯⋯."

도저히 웃음을 참을 수가 없었다.

백여 명이 넘는 도적 떼들 중에 가장 먼저 내게 달려든 건 바로 놈이었다.

스스로를 도적 떼들의 노예라 하였지만 웃기는 소리!

나는 놈이 이 무리의 수장이란 걸 한 번에 알아차렸었다.

아마도 낮지 않은 무공으로 사막 도적들 무리 속에서 자리를 잡았겠지.

말없이 공력을 흘려보냈다.

놈의 몸이 반사적으로 움찔거리며 반응했다.

내가 공력을 한층 더 거세게 일으키자 결국 놈은 우뚝 멈춰 설 수밖에 없었다. 등 뒤에서 쏟아져 나오는 살기! 놈은 한 발자국 움직여도 목이 날아갈 섬뜩한 기운을 느꼈을 거다.

놈이 어색하게 웃는 얼굴로 몸을 돌렸다.

이리 와.

그런 식으로 놈을 향해 집게손가락을 까닥거렸다.

놈이 망설이는 게 보였다.

이대로 최선을 다해 줄행랑을 쳐 볼까? 아니면 일단 다시 말로 구슬려 볼까?

그런 고민이 놈의 얼굴에 적나라하게 드러났다.

놈은 목숨을 걸지 않고 후자를 택했다.

백여 명에 달하는 도적 떼들을 한순간에 섬멸한 절정고수를 두고 등을 돌리는 짓을 할 정도로 바보는 아니었던 것이다.

"대인. 무슨……."

"계속 나를 능멸할 것이냐?"

"대인을 능멸하다니요. 오해이외다."

놈이 몇 번이나 포권하면서 절박한 표정을 지었다.

"아직까지 네놈을 살려둔 이유가 뭐라고 생각하느냐?"

그때였다.

놈이 갑자기 바닥에 넙죽 엎드렸다.

"이 하찮은 목숨을 살려만 주신다면, 무슨 일이든 하겠습죠! 제발 목숨만은!"

"……."

"소인은 보다시피 아둔합니다요. 하늘에 닿은 대인의 안목을 모르고, 대인을 속이려 했습죠. 두 번 죽어 마땅합니다요."

점잔을 뺄 땐 언제고, 다시 비굴한 모드로 들어가기까지 조금의 망설임도 없었다.

어처구니가 없을 정도로 갑자기 일어난 일이었다.

"하!"

놈은 대략 이십 대 후반으로 보인다. 그런데 나이에 비하면 놈의 무공은 꽤나 높았다.

명문의 비전을 승계받지 않았을 게 분명한데도, 그 나이 때의 명문 제자들과 견주어도 결코 손색이 없다. 오히려 그 이상일 지도 모른다.

하지만 놈이 이 이역만리(異域萬里)에서 지금까지 살아남을 수 있었던 무공 때문만이 아니다. 이 정도 무공을 지니고 서방에 갔다가 행방불명되었던 자들을 숱하게 봐 왔다.

"이 잔혹한 약탈자들의 대단한 두목께서 목숨을 이리 아까워하시다니? 사내대장부답게 장렬히 죽고 싶지 않느냐?"

"죽을죄를 지었습죠. 암암. 그렇습죠. 감히 대인을 몰라본 죄는 죽어 마땅합니다요."

놈은 자신이 한 결정을 성공시키기 위해서라면 무슨 짓이든 할 수 있는 놈이다. 한번 마음먹었다면 이용할 수 있는 것은 전부 이용하고, 버려야 되는 것은 망설임 없이 버린다.

눈치가 빠른 데다 자존심을 한 푼의 가치로도 여기지 않는 녀석이 무공까지 높았으니, 단순히 살아남은 것뿐만

이 아니라 도적 떼의 수장으로 잘 먹고 잘 살고 있었던 것이다.

"너를 살려 줄 것 같으냐? 아닌 것 같으냐?"

내가 물었다.

놈은 고민도 하지 않고 대답했다.

"소인은 대인의 처분에 따를 뿐 입습죠, 무슨 할 말이 있겠습니까요."

정답이다.

구구절절하게 쓸데없는 말들을 내뱉지 않고, 굴복하기로 하였다면 완전히 복종하는 모습을 보인다.

"이름이 뭐냐?"

"양소입니다요. 대인."

"양소라. 완전히 이역(異域) 사람이 다 되어 있더군. 여기서 몇 년을 보낸 것이냐?"

"오 년을 보냈습죠."

"하면 파사국 파달까지 길잡이 노릇을 할 수 있겠군? 대답은 됐다. 무조건 할 수 있다고 할 수밖에 없겠지."

"살려 주신 큰 은혜, 어디든 모시겠습니다요. 서역 땅에서 가보지 않은 곳이 없습죠."

"계속 그런 식으로 말을 했다간 다시는 움직이지 못할 것이다."

"바로 정정하겠습니다. 헤헤."

놈이 비굴하게 웃었다.

"도망칠……."

"도망칠 생각은 추호도 없습니다. 대인께서 고강한 절대고수이신데, 소인이 마음먹는다고 그게 되는 일이겠습니까. 소인도 그 정도는 압니다. 소인 같았으면 이 도적놈의 목을 당장에 쳤을 텐데, 이렇게 살려 주신 것만으로도 소인은 더 바랄 게 없습니다. 수갑을 채우셔도 되고 족쇄를 걸으셔도 됩니다. 헤헤."

"이렇게까지 살고 싶을까. 참 비굴하구나. 종놈이 따로 없군."

얼굴만 보면 호남형이라고 해도 좋을 법하게 준수하게 생겼으나, 하는 행동은 영락없이 종놈이다.

일부러 놈을 자극했다.

"소인은 이미 대인의 몸종입니다. 혼신을 다하여 모시겠습니다."

그래도 놈은 넘어가지 않고 더 굽실거렸다.

"그래. 허면 네 주인이 누구인지 정도는 알아야겠지. 나는 청자운이라 한다. 양극진인의 진전을 이은 관문제자(關文弟子) 청일연 대협이 내 조부이시며, 마참대 대주이신 청제우 대협이 내 아버지시다."

"영웅이신 청일연, 청제우 대협의 자제 분을 모시게 되어 영광입니다."

놈은 잠깐 놀라는 것 같더니 곧바로 대답했다.

"내 조부와 아버지를 아느냐?"

"중원에서 항주 청가(靑家)의 두 영웅을 모르는 이가 있겠습니까. 헌데 소인도 항주 사람입니다. 헤헤."

나는 이 몸의 본가가 항주 위강에 있다는 걸 떠올렸다. 놈이 항주 청가를 알고 있다는 것은 거짓이 아니었다.

"항주에서 여까지는 웬일이냐? 무슨 죄를 짓고 도망쳐 온 것이냐?"

"관리 하나를 죽였습니다. 별것 아닌 놈인 줄 알았는데, 놈의 연줄이 그리 대단할 줄은…….."

놈은 약아빠지게 죄인이었다고 사실대로 밝혔다.

젊은 놈이 대상 상단에 몸을 싣는 이유는 두 가지다.

한밑천 크게 잡아 보려거나, 큰 죄를 지어 멀리 도망쳐야 하거나.

하지만 대상 상단의 호위 무사로 일하는 자들은 대게가 가장인 장년의 고수들이지, 놈처럼 젊으면서 무공이 높은 자들은 목숨을 걸면서까지 서역으로 오는 법의 거의 없다.

젊은 나이에 무공이 높다는 건 그만한 배경이 있는 것

이라서 돈에 그렇게까지 목숨을 걸지 않는다. 구태여 돈에 목숨을 걸어도 되지 않을 만큼 이미 장래가 촉망하니까.

"네놈 무공이 쓸 만하더군."

"감히 공자의 사일십육검법과 양극심법에 비견하겠습니까. 소인도 항주 사람이면서도. 명성이 자자한 항주 청가의 검법과 양극심법의 심오한 위력을 견식할 기회가 없어 항상 불운하다 여겼는데."

놈이 청산유수처럼 계속 말했다.

"항주 청가의 비전 무공은 무림에 명성이 자자합니다. 헌데 직접 견식하고 보니 그간의 명성들은 모두 추호만큼이나 사람들이 잘못 알고 있었던 것이지, 실은 천하절세무공이었습니다. 오늘 공자님께서 천하절세무공을 견식할 기회를 주시니 소인은 이제 여한이 없습니다."

"고놈 입은 간신배 것을 떼다가 딱 붙인 것 같구나."

"헤헤. 소인의 진심입니다."

"네 사문은 어디냐?"

"공자님께서 믿지 않으실지 모르겠습니다. 실은 소인도 스승님의 사문이 어디인지 모릅니다. 자신 있게 말할 사문이 있었다면 소인은 그리 억울하게 도망치지 않았을 겁니다."

"관리를 죽였다하지 않았느냐."

"감히 공자님의 비전 무공에 비할 바는 못 되지만, 소인이 익힌 무공은 어중이떠중이 같은 하류 무공이 아니라 나름대로 상승 무공입니다. 밝힐 사문이 있었다면 필시 방패가 되어줬을 겁니다. 그게 억울하다는 것이죠."

"사문을 모른다?"

"예. 스승님께서 말도 없이 떠나시는 바람에, 사문에 대해서는 아무것도 모릅니다."

거짓말이 아니다. 사실이다.

"흥! 나는 알고 있다."

"공자님께서요?"

"네 사문은 사마(邪魔)다. 그러니까 네놈이 익힌 무공은 사특한 것이다."

놈을 노려보며 말했다.

"예엣?"

"본 마참대는 천산산맥 아래에서 적옥장(赤玉莊)의 마두인 적운환귀와 싸운 적이 있었다."

정도에 구파일방이 있다면 사도에는 삼살삼사(三殺三邪)가 있다.

삼살. 대천산 혈자문, 천산산맥 적옥장, 여산 백골문.

삼사. 경석산 혈악, 대진도 일극파, 천룡산 천룡마문.

"이 두 눈으로 똑똑히 보았지. 적운환귀의 일초가 네놈의 첫 수와 흡사하더구나. 뭘 그리 놀라는 척을 하느냐. 네놈의 뿌리가 사마라는 것은 네놈의 간악하고 불순한 내공에서도, 이미 알고 있었던 일이지 않느냐?"

이놈이 나를 공격했을 때 썼던 도법과 거기에 담긴 공력는, 천서고에서 본 적옥장의 무공 특징이 깃들어 있었다.

아마도 놈이 익힌 무공은 뿌리는 적옥장에 있지만 몇 대가 흐르면서 변형된 무공이었을 것이다. 그렇다고 놈이 동도(同道)인 사파 무림 소속이라는 것은 아니다.

사파에서 중원으로 새어 나간 무공은 수를 헤아릴 수 없을 정도로 많다. 역으로 정파에서 사파로 유입된 무공도 많다. 대신 그렇게 새어 나간 무공들은 구파일방과 삼살삼사로 대두되는 양 파의 명문에선 취급하지 않는다.

몇 대를 흐르면서 변형되다, 어느 순간부턴 뿌리의 정체도 모르는 일인전승 (一人傳承)이 되어 버린다.

지금 이놈 같은 경우가 바로 그렇다.

당연히 사문은 없다. 해서 정파도 사파도 아니다. 대게 이런 일인전승의 무공을 익힌 자들은 중도(中道)를 표방하며 검객으로써 무림을 떠돈다.

"공자님이 그렇다면 그런 것이지요."

놈이 허리를 굽실거리며 대답했다.

"네놈의 뿌리가 사마라는 데도 침착하구나? 본 공자가
마참대인 것을 벌써 잊었느냐?"

"소인의 목숨은 이미 공자님의 주머니 속에 있지 않습
니까. 소인의 목이 이 미천한 몸에 계속 붙어 있는 한, 소
인은 공자님께 충성을 다 할 겁니다. 헤헤. 일단 메르브로
모시겠습니다. 가는 길에 공자님의 일행분들이 있지요?"

*   *   *

나디아와 일행들이 마주 편에서 오고 있었다. 먼저 메
르브로 가라는 바디 랭귀지를 알아들었을 텐데, 나를 찾
아 방향을 돌린 것이다.

내가 앞장세우고 있는 도적 떼 일원을 발견했는지, 그
들이 먼 곳에서 낙타를 멈춰 세웠다. 거리가 가까워졌다.
두 전사는 짧은 곡도를 움켜쥐며 신경을 곤두세웠다.

"정!"

나디아는 나를 부르면서도 양소를 바라봤다.

걱정하지 마십시오.

그런 뜻으로 손을 가볍게 흔들어 보였다.

양소에게 말했다.

"앞으로 네놈은 내 발과 입이 될 것이다. 파사국 파달까지 충실한 몸종으로 있다면, 목숨을 살려 줄뿐만 아니라 적절한 상도 내릴 것이다. 알겠느냐?"

"예. 공자님."

"내가 하는 말을 이쪽 말로 바꿔 말하거라. 쓸데없는 사족을 붙이거나, 네 멋대로 해석해서 통역한다면 그때는."

"두 번 다시 공자님을 속이는 일은 없을 겁니다. 헤헤. 이 양소 그렇게까지 아둔하지 않고, 목숨 귀한 것은 누구보다 잘 압니다."

"그럼 됐다. 죽은 듯이 있고, 하라는 말만 하거라."

앞세우던 양소를 뒤로 보냈다.

"이놈은 신경 쓰지 마시오. 도적 떼 수장이었던 놈인데 마침 같은 말을 쓰는 놈이라, 통역을 위해 붙잡아 둔 것뿐이오."

나디아에게 다가가 말했다.

"뭘 그리 멍청히 있느냐. 이쪽 말로 바꿔서 전하거라."

일단, 양소는 능숙하게 이쪽 말을 썼다.

내 말을 제대로 전한 모양이다. 나디아와 일행들의 표정이 순간적으로 풀렸다.

그러나 그것도 잠시, 낙타를 가까이 가져온 카라반 상

인이 양소에게 분노를 터트렸다.

가만히 듣던 양소가 억울하다면서 나를 쳐다봤다.

"이들이 말을 하면 너는 가감 없이 내게 전하기만 하면 되는 것이다. 뭐라는 것이냐?"

"……사막의 율법에 따라 너는 물론이고 네 아내들과 자식들을 모두 내 노예가 되어야 한다, 라고 했습니다. 하지만 억울합니다. 이 상인의 카라반을 습격한 건 소인이 아닙니다."

"하면?"

"소인은 그저 '살라딘'의 명령에 따른 수많은 수족 중에 하나였을 뿐입니다."

양소의 입에서 살라딘이라는 단어가 나온 그 순간, 두 전사가 낙타에서 뛰어내렸다. 둘은 금방이라도 짧은 곡도를 휘둘러 양소의 목을 벨 것처럼 살기등등했다.

그렇지 않아도 살라딘이라는 존재가 궁금하던 차였다.

"이 상인들을 습격한 건 소인의 부하들이 아니라, 후스란 녀석과 녀석의 부하들이었습니다. 소인이 아닙니다. 공자님."

그동안 과묵하기만 했던 두 전사가 강력한 어조로 내게 뭔가를 말하기 시작했다.

통역해!

양소를 쏘아보았다.

"살라딘의 부하라면 절대 살려둬서는 안 됩니다. 어떻
게든 은인과 저희들을 찾아내 붉은 눈 악마에게 제물로
바칠 겁니다, 라고 합니다. 하지만 공자님. 공자님의 무공
은……."

양소는 본인에게 몹시 불리한 말을 전했다. 눈치 빠른
놈이 그랬다는 것은, 아마도 놈이 내게 완전히 굴종(屈從)
하고 있다는 것을 어필하는 게 아닐까 한다.

"사족은 달지 말라고 하였다. 내가 묻는 것에만 답하거
라. 이쪽 지방 사람들은 살라딘이라면 매우 무서워하더
군. 살라딘이 누구냐? 네놈은 파달까지는 살려 줄 것이니
걱정 말고 답하거라."

"소인이 무공이 고강하시며 부처님의 자비심까지 지니
신 공자님을 모시게 된 건 참으로 큰 복이 아닐 수 없습니
다."

쓰읍.

"다름이 아니라 살라딘은 사람 이름이 아닙니다. 그러
니까 중원으로 치자면 사술(邪術)을 익힌 법사쯤 됩니다.
그런데."

"그런데?"

"살라딘들은 기이한 사술을 익혔으며 그 성취가 하늘에

닿아 있습니다. 살라딘이라면 하나같이 귀신의 재주를 부립니다."

중원에도 술법을 익힌 도사들이 있고, 본교에도 술법만을 다루는 혼심사문이 있다. 환각과 환청으로 대상의 감각뿐만 아니라 감정까지도 건드는 그 술법들은 기이하기 짝이 없다.

그러나 전략(戰略)적인 측면에 있어서도 무공보다 아래로 치는 이유는, 똑같은 재능을 가진 사람이 같은 시간과 노력을 들였을 때 무공에서 얻는 성취가 월등히 크다는 것이다.

그만큼 술법으로 일가(一家)를 이루기는 힘들다.

나 또한 지금껏 진정한 술법의 대가들을 본 적이 없었다.

"그렇군. 극성의 사술을 익혔다면 사민(私民)들이 두려워 할 만하다. 그런데 네놈은 살라딘의 부하였던 모양이지?"

"헤헤…… 예."

양소가 부끄럽다는 듯이 고개를 숙였다.

"붉은 눈 악마는 살라딘들이 숭배하는 귀신이고?"

"예."

"본 적이 있느냐?"

"예?"

"붉은 눈 악마라는 것을 본 적이 있냐는 말이다."

"어이쿠! 붉은 눈 악마를 봤다면 소인이 어떻게 지금껏 살아 공자님을 모실 수 있었겠습니까."

"하면 그 귀신을 믿긴 한다는 말이고?"

"있긴 있는 것 같습니다."

"이건 어떻게 생각하느냐? 모두들 너를 죽여야 살라딘의 화를 피할 수 있다는데?"

"소인도 아주 죽겠습니다."

"죽여 달란 거냐?"

"도무지 소인이 살 방도가 떠오르지 않습니다. 이러면 공자님이 죽일 것이고, 저러면 살라딘이 죽일 것이니. 어찌하면 좋겠습니까. 감히 한 말씀 올리자면, 소인을 죽여도 살라딘의 부하들이 계속 공자님을 쫓을 겁니다. 부하들로 여의치 않으면 살라딘이 직접 나서겠지만……."

"네놈의 무공도 그리 낮지만은 않다. 그런데도 살라딘을 조금도 상대할 수 없다는 거냐?"

"소인의 무공은 살라딘의 힘에 비한다면 발톱의 때만도 못하지만 공자님은 아닙니다. 공자님. 공자님. 소인은 공자님만 믿겠습니다."

"하면 살라딘은 왜 우리를 쫓는 거냐? 부하를 죽인 복수를 하겠다는 거냐?"

"공자님께서 며칠 전에 죽인 후스란, 이란 녀석 말입니다. 그 녀석이 실은 살라딘이 아끼는 종마(種馬)라서 그렇습니다."

"종마?"

"예. 후스란은 살라딘의 종마였습니다. "

"……."

"어이쿠. 죄송합니다. 공자님께서도 아시는 줄 알고. 살라딘이 왜 후스란을 아끼는지 설명하려면 서역의 무공에 대해서 말씀드려야 합니다. 그런데 여기서는 좀……."

양소가 그렇게 말꼬리를 흐리며 그를 노려보고 있는 일행들 쪽으로 시선을 돌렸다.

"짧게 해 보거라."

"예? 그러니까 그게…… 살라딘은 도가의 방중술(房中術)과 일맥상통한 수련법으로 내공을 쌓습니다. 후스란은 살라딘의 상대였습니다."

"남자가 남자를?"

얼굴을 구겼다. 그러자 양소가 냄새난다는 듯이 웃으며 코앞에서 손을 휘휘 저었다.

"생각만 해도 끔찍합니다만 후스란이란 놈은 죽어도 여한이 없을 겁니다. 평생 할 그 짓을 경국지색(傾國之色)의

미녀와 했으니까요. 흐흐."

"살라딘은 여자였군."

"살라딘은 그냥 여자가 아니라 절세가인입니다. 살라딘을 본 남자면 누구나 눈이 휙휙 돌아가죠."

"관심 없다. 그러니까 채음이 아니라 채양(採陽)을 하고 있다?"

"예. 그런데 살라딘이 모두 여자인 건 아닙니다. 네 명의 살라딘 중 둘은 여자고 둘은 남자입니다. 공자님."

"네 명?"

"예. 토화라, 파사, 천축에 이르는 이 땅에는 네 명의 살라딘이 있습니다. 우연인지 서로 약속한 것인지는 몰라도. 동서남북, 이렇게 사방(四方)에 멀리 서로들 떨어져 있다 합니다."

"이야기가 길어지겠군. 네놈에게 들을 말이 많겠어. 우선 이들에게 내 말을 전하거라. 너는 이미 내 노예라고. 하면 이들도 조용해지겠지."

우리는 다시 이동을 시작했다.

나는 나디아 뒤에 타고, 양소는 몸종답게 낙타 앞에서 앞장서 걸었다.

"나는 파사국 파달로 가는 길이오."

나디아에게 말했다.

양소가 통역 일에 익숙해진 듯 이쪽을 쳐다도 보지 않고 말을 바꿔 전했다.

나디아가 생긋 웃으며 나를 돌아봤다. 그녀가 말했고, 통역된 양소의 목소리가 이어서 들렸다.

"사막의 약탈자…… 들에게 구해 주셔서 감사합니다. 저희도 파사 사람입니다. 정은 어디 나라 사람입니까?"

"연나라 사람이오."

대국의 국호가 연(燕)이다.

"연나라는 어디입니까?"

"소륵국 카슈가르 옆에 혈마교가 다스리는 거대한 사막이 있소. 사막을 넘으면 연 나라가 있소."

"비단(緋緞)과 청자(靑瓷)의 나라에서 오신 장군님이시군요?, 라고 합니다. 공자님께서 사족을 붙이지 마시라 하셨는데 한 말씀 올려도 되겠습니까."

양소가 밑에서 나를 올려다보며 말했다.

"하거라."

"이대로 메르브에 가시는 겁니까?"

"가지 않느냐."

"하면 색목인 소저를 어찌하시렵니까?"

"어찌하다니."

나디아는 양소가 제 이야기를 하는지도 모르고, 여전히

나를 보며 웃고 있었다.

"소인의 입으로 이런 말하기도 뭐 하지만, 보아하니 저 상인은 후스란 때문에 완전히 빈털터리가 된 것 같은데. 주인님께선 이들을 구해 주신 것뿐만 아니라 먹이고 재워 주고 다 하셨지 않습니까."

양소는 우리보다 십 미터는 더 앞서 가고 있는 카라반 상인을 턱짓으로 가리켰다.

"그런데?"

"소인이 눈치 하나는 좋지 않습니까."

"대체 무슨 말을 하려는 게냐?"

"그러니까 소인이 볼 때 틀림없이, 저 상인은 메르브에 도착하면 사막의 율법을 들먹일 것 같습니다."

"계속."

"사막의 율법에 따르면 색목인 소저는."

"나디아다."

"예. 나디아. 사막의 율법에 따르면 나디아 소저는 공자님 재산이 됩니다. 대신에 공자님께선 저 상인에게 먹고 살길을 열어 주시거나 상인이 납득할 만한 재물을 줘야 합니다."

어처구니가 없어 피식 웃었다.

"웃을 일이 아닙니다. 공자님. 이 율법에 따르기 싫으시면 메르브에 가시면 안 됩니다."

"그건 또 왜 그러느냐?"

"메르브의 마스지드가 율법을 관장하고 있기 때문입니다."

"마스지드?"

"예. 이들의 사원을 마스지드라 부릅니다. 그 잔혹한 살라딘도 마스지드와 마찰을 최대한 피해 왔습니다."

"마스지드의 전력이 강한 모양이야?"

"예. 마스지드에는 성자(聖子)와 전사들이 있는데…… 강하기만 한 게 아니라 한번 건드리면 벌집을 건드린 것과 같아서. 이 땅의 모든 마스지드의 추격을 받게 됩니다. 그런 자들이 사막의 율법을 관장하고 있는 겁니다."

"내가 이들을 구해 줬는데도, 왜 상인에게 재물을 주고 그 딸을 강제로 가져와야 한다는 것이냐?"

"말 그대로 구했기 때문입니다. 헤헤."

양소는 그렇게 말하며 얄미운 미소를 지었다. 놈이 말을 이어 나갔다.

"저 상인은 무일푼 거지가 되었습니다. 이 사막에서 가진 것 하나 없이 앞으로 어떻게 살겠습니까. 아니 살려 준만 못하다는 거죠. 차라리 신의 품에 귀의(歸依)할 수 있도록 내버려 두지 못한 공자님의 책임이란 겁니다."

"흥미롭군."

"오? 재미있으십니까?"

혹독한 환경 속에서 생명경시(生命輕視) 풍조가 생겨난데다 신권(神權)이 강하다. 그래서 자연스럽게 그런 율법이 만들어진 모양이다.

"이들은 가진 모든 걸 내려놓고 신의 품으로 갈 자들이었다. 헌데 내가 구해 주었으니 이들의 재산 일체가 모두 내 것이 된 만큼, 이들에게 책임을 가지라는 소리가 아니더냐?"

양소는 소리 없이 웃기만 했다.

"예."

"허면 저 전사 둘도 율법을 요구할 수 있겠구나? 검노(劍奴)가 아니라 고용된 입장인 것 같으니."

"그럼 그렇겠지요? 우리 공자님께서 알거지가 되겠는데요."

"도와줄 거라면 완벽히 도와주고, 아니 도와줄 거라면 시도조차 하지 말라."

"시원시원하지 않습니까. 도와주는 입장에서도 그렇고 도움받는 입장에서 그렇고. 이쪽 사람들이 좀 그렇습니다. 정 귀찮으시면 소인에게 맡겨 주십시오. 카라반 상인이야 알거지라서 어떻게 못 해도, 저 두 놈은……."

양소가 두 전사 쪽으로 시선을 돌렸다.

"저 두 놈이 율법을 요구하면 저놈들의 부인, 딸, 양, 낙타, 긁어 올 수 있는 전부를 몽땅 긁어 공자님께 바치겠습니다."

"그게 도적놈인 네놈 전문이겠지. 어쨌든 우리는 메르브로 들어간다."

"옛!"

제5장

붉은 사막의 왕과
살라딘

성벽 안으로 첨탑들이 높게 솟아 있고, 화려한 도료로 칠한 끝이 뾰족한 둥근 지붕이 그 위에 얹어져 있다.

첨탑들 중심에는 거대한 반구형의 돔 지붕이 햇빛에 반짝거리고 있었는데, 귀한 타일들을 지붕 전체에 덮어 놓은 모양이었다.

한편, 성벽 밖으로는 낙타 가죽으로 만든 상인들의 이동식 천막이 마치 군진(軍陣)처럼 어지럽게 펼쳐져 있었다. 한쪽에선 카라반 상인들의 교역 시장이 크게 열려 있었으며, 그들이 끌고 온 낙타들은 그늘 아래서 늘어지듯 하품을 한다.

교역 도시이자 번창한 오아시스 도시.

그 메르브의 장관이 우리들 앞에 펼쳐졌다.

우리는 성벽 밖에 있는 음식을 파는 노점으로 이동했다.

교역 상인들은 현지인들과는 다른 피부와 이목구비를 가진 나를 한 번씩 쳐다봤다.

그러나 그게 다였다. 타국인에게 익숙한 대상 상인들답게, 내게 더 이상의 흥미를 가지지 않았다.

오히려 그들의 시선을 붙잡고 놓아주지 않는 건 이번에도 역시, 일행들이 입고 있는 미 군복이었다. 내 눈에는 사막 3색이 아니라 평범한 디지털 위장 무늬인 것이 흠으로 보이지만 말이다.

내의(內衣) 없이 얇은 가죽조끼만 입은 사내가 어슬렁거리며 다가왔다. 귀찮은 시비가 붙을까 염려했는데, 그는 노점 직원에 불과했다.

"공자님. 식사는 어떻게 할까요?"

양소가 물었다.

"일행들에게 물어보고 함께 시키거라."

혹독한 환경에 맞서 목숨을 건 무역을 하는 사람들이다. 그래서인지 직원이고 손님이고, 사람들 인상이 대체적으로 험상궂다.

뿐만 아니라 무장한 무기를 숨기지 않고 옷 밖으로 드러내는 걸 선호하는 경향이 있는 것 같다. 의복 밖에 허리띠, 가슴띠 등을 둘러 거기에 크고 작은 칼들을 여러 개씩 매달고 있었다.

손님들 중에서 유독 눈에 띄는 무리가 있었다. 총원이 다섯 명인 그들은 흰색 통옷인 디스다샤로 복장을 통일하고, 노란 호박이 중앙에 박힌 흰색 터번을 썼다. 다른 이들이 시끄럽게 술을 곁들이며 식사를 하고 있는 반면 그들은 무척이나 조용했다. 나는 그들이 테이블에 비스듬히 세워놓은 큼지막한 시미타를 한 번 쳐다본 후, 양소에게 물었다.

"저자들은?"

"한번 말씀드렸었죠. 저자들이 마시지드에서 나온 전사들입니다."

"……."

"히히."

양소는 내가 왜 그러는지 알겠다는 듯, 소리 내며 웃었다.

"소인도 처음에는 뭐 이런 놈들이 다 있나 싶었습니다."

기운을 충만히 닦고 뭉치면 단(丹)이 만들어진다. 이 단을 기르는 곳이 바로 단전(丹田)인데, 인체에는 세 곳의 단전이 있다. 상단전, 중단전, 하단전이 바로 그것이다. 보통은 하단전을 개발시킨다. 평생을 다 해도 극의(極意)를 보지 못하는 법이니까.

하단전을 중단전으로 가는 통과의례 정도로만 생각하는 무공이 있기는 하다. 그런 무공들은 성취가 극악스러울 정도로 늦다. 중단전을 여는 순간 절정 고수의 반열에 오른다지만, 태반이 그 경지에 이르지 못하고 수명을 다하기 마련이다. 그래서 중단전을 연 이들은 모두 엄청난 내공의 소유자다.

"처음부터 중단전(中丹田)을 연 것인가…… 그럴 수가 있나."

마스지드 전사들을 바라보며 중얼거렸다.

마스지드 전사들의 기운이 가슴에 응집되어 있다. 그러나 중단전을 개(開)한 절정 고수라기엔 그 내공이 상대적으로 무척 낮다.

"그걸 한눈에 알아보시다니요."

양소가 놀라서 말했다. 지금까지 하던 아부와는 달리 진심이 깃들어 있었다.

"하지만 그렇게 놀랄 일도 아니지. 네놈의 동료. 그놈은 성기를 그릇으로 삼고 있지 않았더냐."

"과연 공자님이십니다."

"여기는 원하는 곳이라면 어디나 단전으로 삼을 수 있는. 그런 말도 안 되는 내공심법이 있는 것이냐?"

"설마하니 그런 내공심법이 있을 리가 있겠습니까. 중원에선 삼단전(三丹田)을 말하지만, 여기에선 육단전(六丹田)을 말합니다. 엄밀히 말하면 단전이라고 할 수는 없지만…… 뭐 그렇습니다. 자세하게 들어가면 끝도 없습니다."

"시도는 해 보았느냐?"

"예?"

"서역의 내공심법을 익히려 해 보았느냐 말이다."

"말도 마십쇼. 주화입마(走火入魔) 초입에 들어 한 반년쯤 잠을 못 잤던 적이 있습니다. 중원의 무공을 한 번도 접해본 적이 없던 자라면 모를까, 한 번이라도 접해본 적이 있다면 주화입마를 피할 수 없었을 겁니다."

"어쨌든 이쪽에선 육단전을 개발하고 시작점을 고른다는 것이냐?"

"예."

"엄밀히 말하면 이들의 단전은 단전이 아니라는 것이 무슨 뜻이냐."

그때 나디아가 잠깐 시장을 둘러보고 오겠다는 손짓을 보였다.

나는 고개를 끄덕였고, 나디아는 전사 한 명과 함께 자리에서 일어났다.

그쯤에서 양소가 다시 입을 열었다.

"중원에도 별 해괴한 무공들이 다 있지만, 서역의 무공은…… 헤헤. 이렇게 박학다식한 몸종이라니. 공자님께서 몸종 하나는 제대로 두신 겁니다."

"잡소리는 집어치우고."

"예. 예. 짧게 말씀드리자면 이런 겁니다. 서역의 무인들은 인체의 혈(穴)을 8만 8천 개로 봅니다. 물론 공자님께서 이해하시기 쉽게 혈이라 한 겁니다. 이것도 엄밀히 말하자면 중원의 혈과는 다른데…… 헤헤. 이런 식이라면 끝이 없습니다."

"네 편한 식으로 말해 보거라."

"8만 8천 개의 혈 중에서도 중요한 여섯 곳의 혈이 있다합니다. 그게 소인이 말한 이들의 육단전입니다. 육단전은……."

양소는 설명을 계속했다.

그러니까 중원 무공과 서역 무공의 맥(脈)은 비슷했다. 인체를 항시 기(氣)가 바퀴 돌 듯 순환하는 거대한 우주로 보는 점에서 그렇다.

그러나 혈을 보는 관점에서 차이가 있었다. 중원에서는 혈을 닫힌 것으로 보지만, 서역은 그렇지가 않다. 그래서 혈이라고 부르는 건 옳지 않다. 완전히 다른 개념이기 때문에 '할라'라는 이들의 단어를 그대로 써야 하는 게 맞다.

할라는 일종의 톱니바퀴라고 생각하면 쉽다. 8만 8천 개의 톱니바퀴 전부가 맞물려 움직이면서 이 복잡한 인간의 몸과 정신을 움직이고 있는 것이다.

단, 할라는 기를 순환시키는 통로의 개념이지 중원처럼 응집하거나 배양하는 곳이라 생각하면 아니 된다. 그러니 단전 또한 없다.

다만 8만 8천 개의 할라들 중에도 주축이 되는 여섯 개의 할라가 있다. 그 여섯 개의 할라를 수련하면 수련할수록 통로가 커지는 만큼 에너지 순환에 가속이 붙는다.

그 과정에서 인간의 정신적, 신체적 능력 또한 성장한다는 것이다.

"통로가 상대적으로 크기 때문에 응집된 것으로 보이는 것이다?"

"예. 내단이 만들어진 게 아닙니다. 그런데 내공을 쌓지 않으면서도 내공 고수의 힘을 발휘하는 것을 보면, 이들의 무학(武學)이 틀리다고만은 할 수 없습니다."

"틀린 것이 아니라 다른 것이다."

"예?"

"이들의 무공은 다른 방식으로 발전되어 왔다. 그렇다고 해서 틀리다고는 할 수 없지. 그렇게 생각한다면, 이들의 눈으로 볼 때 우리가 틀린 게 아니냐? 천하는 넓고 중원은 일부분에 불과하다는 것을 잊어서는 아니 될 것이다."

"……."

양소가 감탄했다는 듯이 연신 포권하면서 입을 열었다.

"공자님. 서역에 오셨던 적이 없다 하지 않으셨습니까?"

"어쨌든 이제 이해가 되는군. 왜 이들의 기운이 배꼽 한 치 다섯 푼 아래에서가 아닌, 다른 곳에서 느껴지는 지 말이다."

"허 참……."

양소는 신기한 눈으로 나를 멍하니 쳐다봤다.

"네 살라딘은 어땠느냐?"

"살라딘은 미간(眉間)의 할라를 수련합니다. 마스지드의 성자들처럼 말입니다."

양소가 말을 계속했다.

"그렇게 살라딘과 마스지드 성자들은 영력(靈力)을 기릅니다."

"귀신이라도 본다는 게냐?"

"귀신뿐만 이겠습니까. 천 리 밖은 물론이고 앞날도 본답니다."

"그런가? 제 자리에서 천 리 밖을 볼 수 있는 자가, 왜 직접 온 것인지?"

"예? 무슨 말씀이십니까."

"네놈 눈이 한심스럽군. 자태(姿態)만 보아도 알 수 있는 법. 엄청난 미녀라고 하던 것과는 달리, 나디아만 못하지 않느냐."

거기까지 말하고 나서야, 양소는 화들짝 놀라며 내 시선이 머문 곳으로 고개를 돌렸다. 검은 베일을 쓴 여자가 상인들이 메어 놓은 낙타들 사이에서 걸어 나오고 있었다.

아라비안 풍의 여성복을 입은 그녀는 겉보기에는 성벽 밖 교역 시장으로 마실 나온 메르브의 귀족 같았다.

귀티 나는 여인이 하인이나 호위 전사 없이 혼자 움직이는 것 말고는 특별난 게 없었다. 적어도 다른 사람들이 볼 때는 그랬다. 실제로 주위에선 그녀에게 신경을 쓰지 않고 있었다.

심지어 마스지드 전사들 또한 그녀의 미간에 흐르고 있는 엄청난 기운을 알아차리지 못하고 있었다.

너무 강대하기에, 차원이 다르기에 느끼지 못하고들 있다.

반박귀진(返撲歸眞)과는 다른 경지!

"네 살라딘은 나이가 어떻게 되느냐?"

"……아무도 모릅니다. 살라딘의 칭호를 얻은 게 사십 년 전이라 것만 알고 있습니다."

"그렇다면 주안술을 익힌 게 분명하군."

"싸, 싸우실 겁니까?"

자리에서 일어나자 양소가 나를 올려다보며 물었다.

그때였다.

나를 똑바로 쳐다보며 걷던 살라딘이 갑자기 방향을 틀었다. 그녀의 모습이 행인들 사이로 사라져 버렸다.

따라올 테면 따라 오거라.

그런 느낌이 강했다.

"네놈은 이들과 함께 식사를 하고 있거라. 싸울지 아닐지는 마주하면 알겠지."

양소는 부쩍 심각해진 얼굴을 한 채 대답 없이 가만히 있었다. 나디아는 시장 거리로 나간 지 꽤 되었고, 카라반 상인은 남은 전사와 무슨 대화를 그렇게 열심히 하고 있는 중이었다.

타탓.

살라딘의 기운이 나를 교역 시장에서 한참을 벗어난 모래밭 위까지 이끌었다. 그녀는 멀찌감치 떨어진 모래 언덕 위에 가만히 서서 이쪽을 응시하고 있었다.

그러던 그때, 머릿속으로 뭔가가 흘러 들어오기 시작했다.

나는 머릿속으로 들어온 것의 정체를 깨닫고 크게 놀랄 수밖에 없었다.

살라딘이 보낸 건 소리가 아니다. 전음입밀(傳音入密) 따위가 아니라, 살라딘은 그녀의 의념(意念)을 내게 보낸 것이었다.

물론 의념이라 음성은 없다. 그러나 나는 살라딘이 보낸 생각을 분명히 느낄 수 있었다.

넌 누구냐.

그렇게 묻고 있다.

*   *   *

오롯이 서 있는 살라딘의 존재감이 실로 대단하다.

검은 베일 위로 살짝 드러나 있는 눈동자는 여성의 것이면서도 무척이나 강렬했다. 그런데 살라딘 또한 나와 비슷한 생각을 하고 있는지, 나를 경계하며 선 자리에서 움직이질 않는다.

할 수 있다면 이 불필요한 싸움을 피하고 싶었다.

나라고 호승심이 없을까.

하지만 서역의 절대자와 자웅(雌雄)을 가리는 건 흑웅혈마와 십시 주민들을 찾은 뒤의 일이기 때문이다.

그러나 저쪽 입장에서는 아무래도 나는 불청객.

그것도 눈엣가시 같은 불청객이다. 더욱이 내가 저 여자의 아끼는 종마를 죽였다 하고.

그때 살라딘의 의념이 모래바람과 함께 전해져 왔다.

―너를 죽이고 싶다.

노골적인 살의(殺意)였다.

서역의 무공이 내가 익힌 무공과 어떻게 다른지는 모른다. 그러나 그녀의 미간을 중심으로 전신에 흐르는 기운으로 보건데 그녀 또한 나와 비슷한 경지에 이르렀다.

살라딘 또한 지고의 경지에 오른 자, 나와 싸우면 결코 온전하게 끝나지 않을 것이라는 그녀가 모를 리가 없었다.

아마도 그것이 그녀가 살심을 억누르고 있는 이유일 것이다.

"어떤 식의 싸움이 될지는 모르나, 분명한 건 누가 이긴다 한들 이겨도 이긴 게 아니게 되겠지."

파미르 고원에서 정마교주는 그 비슷한 이유로 나와의

싸움을 피한 적이 있었다.

나는 내 의념이 살라딘에게 닿길 바라며 차분하게 말했다.

살라딘의 의념이 다시 전해져 왔다.

—너는 내게 빚이 있다.

"내 생각이 닿는 건가?"

—나의 세 번째, 붉은 눈이 네 머릿속을 보여 주고 있다.

"생각을 읽는 능력이라……."

—너는 내게 빚이 있다.

"사막의 약탈자에게서 사람들의 목숨을 구해 준 것이라지만, 여기는 네 지배권 안. 나 또한 다스리는 자로써 네 지배권을 인정하는 바다. 살라딘."

—어디를 다스리는가?

"혈마교."

내 정체를 밝혔어도 나를 향한 살라딘의 적의는 여전했으며, 그리 놀라지도 않았다.

고오오.

—붉은 사막의 왕이라 하여도 달라지는 건 없다.

여기에서는 본교의 교지를 붉은 사막이라고 부르는 모양이다.

"네게 빚을 졌다는 걸 인정하겠다."

입장을 바꿔 봐도 그렇다.

교지 내(內)에서 내가 아끼는 수하가 상인들을 약탈하다가 피부색 다른 이방인에게 죽임을 당했다고 치자. 물론 나는 약탈을 지시한 적도 없고, 앞으로도 그럴 리가 없겠지만 말이다.

그때 중요한 건 '이방인이 본교의 교도를 죽였다.'는 사실 하나다.

나는 이 사막에 강력한 지배력을 행사하는 군주의 부하를 죽였다. 거기에 무엇이 정의(正義)인지는 중요하지 않으며, 그래서 억울하다는 생각도 없었다.

괜한 시비에 시간만 축내지 않을까, 하는 염려만 들 뿐이었다.

"솔직히 싸움은 피하고 싶군. 그건 너도 마찬가지일 텐데?"

―빚을 갚아라.

"빚이라. 양소, 그놈을 돌려받고 싶겠지?"

이번에는 의념이 아니라 흐흐흐, 하는 실제 웃음소리가 멀리서 들려왔다. 내공을 담은 것도 아니면서 사자후만큼이나 음성이 컸다.

―그것은 이미 도망쳤다.

"도망쳐?"

—그 하찮은 것은 신경 쓸 것 없다. 너는 내게 갚을 빚만 신경을 쓰면 돼.

"그러지. 어떻게 갚을까?"

주위에 매복은 없었다.

다시 말하지만 살라딘과의 싸움을 꺼리는 건 여기가 살라딘의 지배권 안이라서지, 살라딘을 두려워하기 때문이 아니다.

오히려 선공(先攻)을 가하면 의외로 쉽게 쓰러트릴 수 있을지도 모른다.

일단 살라딘은 정체 모를 영적 능력을 개발시켜 지고의 경지에 오른 것으로 보이지만, 나는 아니다. 근접해서 싸우는 박투라면 누구와 싸워도 지지 않을 자신이 있었다.

먼 거리에서 날아온 살라딘의 시선이 느껴진다. 시선은 내 하반신, 정확히 성기 쪽에 꽂혔다.

내가 눈살을 찌푸리며 입을 열려던 그때, 그녀의 의념이 먼저 전해져왔다.

—네가 죽인 그것이 무슨 용도였는지는 들었지?

"종마."

—딱 그 용도였다.

이젠 어떻게 빚을 갚아야 할지 알겠지?

그녀가 그런 눈빛으로 나를 쳐다보았다.

'살라딘은 도가의 방중술과 일맥상통한 수련법으로 내공을 쌓습니다. 후스란은 살라딘의 상대였습니다.'

양소가 했던 말이 떠올랐다.

"합궁(合宮)하자는 것인가?"

—손해는 아닐 텐데.

그러면서 그녀가 베일을 턱밑으로 잡아당겼다. 경국지색의 미모라는 게 결코 과언이 아니었다는 것을 확인한 순간이었다.

"네게는 많은 종마가 있다고 들었는데, 왜 나지?"

—나와 교접을 할 것이냐, 말 것이냐.

무슨 수작인 것일까.

성교(性交)를 통해 남자의 양기를 흡수하는 채기법(採氣法)이 있다.

흡양심법, 이라 불리는 그것은 본교에서도 사악하다고 평가하여 천서고에 봉하였다. 이유인 즉, 음양의 도를 나누는 방중술과는 달리 그것은 남자의 양기를 강탈하기 때문이다.

양기를 빼앗기면 어떻게 될까.

모든 만물은 이기(二氣)로 성립되었다. 인체 또한 마찬가지다. 양기를 모조리 빼앗긴 사람의 인체는 급격히 무너져

죽음을 피할 수 없다.

그래서 결론!

살라딘이 익힌 무공의 정체를 모르는 이상, 섣불리 내 몸을 맡길 수는 없다. 아랍 미녀와의 하룻밤? 이건 독사의 아가리 속으로 스스로 기어들어 가는 행위와 다를 바 없는 것이다.

더욱이 남성의 자존심은 물론이거니와 인간의 존엄성까지 짓밟는 수치스러운 제안에, 절대 응할 생각이 없다.

종마 취급이라니.

몹시 불쾌해졌다.

"설마 그 제안을 수락할 거라고, 생각한 것은 아니겠지?"

─붉은 사막의 왕. 나는 네게 기회를 주었다. 하지만 이제는 내 방식대로 빚을 회수하겠다.

결국 이렇게 되는군.

"착각하지 마라. 기회를 얻은 건 너였다."

십일성 극성까지 공력을 끌어 올리며 몸을 솟구쳤다.

칼을 뽑은 이상.

이 자리에서 모든 걸 끝낸다.

명왕단천공의 이미지가 찰나의 단위로 들어오기 시작했다.

인간의 한계를 초월한 직관. 그래서 예지라고 해도 전혀 이상할 것이 없는 그 이미지들이 머릿속에서 펼쳐진다.

첫 번째 이미지.

도약이 끝나는 지점에 살라딘이 있었다. 땅에 착지하는 그대로 흑천마검을 휘둘렀다. 강기가 지나친 붉은 궤적이 호선을 그리면서 살라딘의 목을 비스듬히 베어 나갔다.

하지만 벤 것은 무표정으로 나를 바라보고 있던 살라딘의 잔영.

놀란 내가 고개를 들었을 때 짙은 녹색의 독무(毒霧)가 하늘 전체를 가리며 내려앉고 있었다.

회심의 일격으로 독을 썼으나, 내가 만독불침의 신체를 가졌다는 것을 모르는 대가는 컸다. 기풍으로 독무를 날려 보내자 허공에 떠 있는 살라딘이 보였고, 나는 그녀가 도망치기 전에 목을 갈랐다.

그녀의 목이 주인을 잃고 모래밭 위로 떨어진다.

두 번째 이미지.

허공에 솟구친 나는 극성의 공력으로 검기를 뻗쳤다.

순간적으로 나눈 검기의 수가 무려 108개.

어떤 것은 일직선으로 쏴 보내고 어떤 것은 머리 위와

등 뒤로 휘어 보냈으니, 살라딘이 검옥(劍獄)에 갇히는 건 시간문제였다.

108개 검기가 살라딘에게 쏟아지기 시작했다. 그 파동이 어찌나 강렬한지 일대는 모래 폭풍보다 거센 돌풍이 몰아쳤다.

모래 먼지가 시야를 가렸고, 살라딘의 기운도 더 이상 느껴지지 않았다.

모래 먼지가 걷어진 후에 남은 것이라곤, 본래 형체를 알 수 없을 만큼 조각 조각난 인육들뿐.

그 잔혹한 광경에 쓴 침을 삼켰다.

세 번째 이미지.

하늘에 솟구쳤을 때, 극성의 공력을 운신(運身)하는데 사용하였다. 몸을 비틀어 허공을 밟아 추진하였다. 운석이 낙하하듯, 살라딘을 향해 엄청난 속도로 날아들었다.

한편 살라딘의 미간에서 기운이고 있었다.

몸 안 곳곳으로 펌프질하는 심장처럼, 그녀의 미간에 위치한 할라도 기운들을 사방으로 보내고 있었다.

기가 움직이는 혈도는 12곳이다. 중원에선 그 혈도를 따라 운기행공(運氣行功)을 한다.

그러나 서역에선 우리 인체를 중원과는 다르게 보았다.

기의 통로인 할라가 8만 8천 개며, 할라가 움직이는 기는 신체 내에서 유기적으로 계속 상호작용하고 있다.

비유하자면 이렇다.

내 공력이 거대한 기차 하나가 철로를 따라 순차적으로 달리고 있다는 것으로 본다면, 살라딘의 공력은 8만 8천 마리의 조그마한 동물들이 쉴 새 없이 뛰어다니고 있는 꼴과 비슷하다. 뛰어다니던 것이 이제는 미쳐서 날뛴다.

살라딘은 초인적인 속도로 위로 솟구쳤다.

방향을 틀어 다시 허공을 밟았다.

살라딘이 초인적인 능력을 끌어올렸지만, 십일성 극성을 운용하고 있는 나보다는 느렸다.

나는 살라딘을 금방 따라잡았다.

검을 휘둘렀다.

그녀와 같은 경지에 오른 중원의 고수였다면 경신법으로 허공에서도 지상과 같이 몸을 쓸 수 있었겠지만, 지금 그녀가 할 수 있는 행동이라곤 몸을 움츠리는 것뿐이었다.

쏘아 올라온 속도만 초인급.

가차 없이 살라딘의 목을 베었다.

눈 깜짝할, 찰나의 순간에 벌어진 일이었다.

그것을 증명하기라도 하듯 모래밭 위에는 나와 살라딘의 잔영이 본신처럼 남아 있었다.

네 번째 이미지.

다섯 번째 이미지.

계속해서 이미지가 들어왔다.

살라딘을 해치울 수 있는 방법은 무궁무진했다.

직관력으로 모든 정보를 종합하여 계산한 명왕단천공은 살라딘의 전투적 능력은 나보다 한 수 아래로 본 것이다. 초고수의 세계에서 한 수 아래라는 것은 둘 사이에 절대 넘을 수 없는 거대한 벽이 존재하는 것과 다름없는 꼴이다.

나는 명왕단천공이 제시한 수많은 공격 방법 중 첫 번째 방법을 택했다.

도약이 끝나는 지점에서 흑천마검을 휘둘렀다. 강기가 지나친 붉은 궤적이 호선을 그리면서 살라딘의 목을 비스듬히 베어 나갔다.

하지만 벤 것은 살라딘의 잔영이고 실체는 하늘 위의 녹색 독무 안에 숨어 있다. 나는 프로그램이 각인된 기계처럼 하늘로 뛰었다. 기풍으로 녹색 운무를 날려 보냈다.

살라딘의 진짜 모습이 드러났다. 이제 솟구친 그대로 살라딘을 따라 잡아서 목을 베기만 하면 된다.

바로 그때였다.

살라딘의 머리 위.

그러니까 저 창공으로 태양같이 크고 붉은 눈동자 두 개가 나타났다.

"붉은 눈 악마……."

불현듯, 그 이름이 뇌리를 스쳤다.

＊　　　＊　　　＊

거대한 눈동자와 눈이 마주치는 순간 온몸에 소름이 돋았다. 알 수 없는 모종의 기운이 위에서부터 짓눌러왔다. 정신을 차리고 보니, 어느새 나는 땅으로 추락하고 있었다.

"인간의 기운이 아니야……."

분명히 그랬다.

붉은 눈과 마주쳤을 때, 흑천마검과 처음 마주했을 때가 떠올랐다.

쾅!

온 얼굴로 모래가 쏟아져 들어왔다.

한 손으로 얼굴을 쓸어내리며 자리에서 일어났다.

하늘 위에는 해가 떠 있고 달이 떠 있듯, 그 자리에 거대한 붉은 눈동자 두 개가 여전히 나를 지켜보고 있었다.

"악마라는 게 정말 있었군."

어쩌면 환술(幻術)에 당하고 있는 것일지도 모르지만.

─나의 신을 경배하라. 붉은 사막의 왕.

살라딘의 의념이 흘러들어왔다.

"흠……."

환술이 아니라 실제 악마가 존재한다고 해도 새삼스레 놀랄 것도 없다.

지금 당장 외계인이 우주선 안에서 레이저 건을 겨눈 채 걸어온다고 해도, 나는 조금도 놀라지 않을 자신이 있다.

지금까지 내가 겪었던 일을 비추어 보면 그 어떤 일도 일어날 수 있는 법이니까.

문제는 저 붉은 눈동자에서 벗어날 수 있냐는 것이다. 환술이라면 분명히 파훼할 수 있는 생로(生路)를 찾으면 되나, 저것이 실존하는 악마라면…….

젠장.

상대할 방법이 떠오르지 않는다.

─동방의 힘은 경이로웠다. 이 내가 위협을 느낄 정도였다.

하늘을 나는 것, 그건 우리네 인간들로서는 가당치 않은 신의 영역이다.

경공으로 저 멀리 솟구친다 한들, 나는 것처럼 보일 수는 있어도 나는 것은 아니다. 그저 높고 멀리 뛴 것일 뿐이다.

그러나 살라딘은 허공에 부유한 채 나를 내려다보고 있었다. 그녀는 지금 붉은 눈 악마의 힘을 빌리고 있는 것이다. 그 증거로 그녀를 둘러싼 기묘한 기운을 들 수 있다.

"그래서 다른 존재의 힘을 빌린 것인가?"

다시 하늘로 고개를 들었다.

붉은 눈은 태양처럼 어쩔 수 없는 곳에 위치해 있었다.

당장 내 앞에 실체화된 형상이라도 있다면 대적해 보겠지만, 내 능력으로는 닿지 않은 곳에 위치한 존재를 상대로라면 뭔가를 할 의욕조차 나지 않는다.

지독한 무력감.

"……!"

이것도 붉은 눈 악마의 능력인 걸까. 그럴지도 모른다는 생각이 들었다.

다행히 살라딘은 방심하고 있었다.

그녀는 싸움이 끝났다고 생각하고 있는 것 같았다.

다 잡은 쥐를 보는 고양이의 눈으로 나를 주시하고만 있을 뿐, 직접적인 실력 행사에는 나서지 않고 있다.

운기행공을 하기에 충분한 시간이었다. 내공을 움직여 탁해진 정신을 씻고 나자, 비로소 흑천마검을 쥔 주먹에 힘이 들어간다.

─붉은 사막의 왕. 네 힘이 경이롭다 하나 한낱 인간 주제에 감히 나의 신께 맞설 생각을 하다니. 그 얼마나 어리석은 생각이었는지 깨닫게 될 것이다.

"흐흐흐."

살라딘의 웃음소리가 사방으로 퍼졌다.

명왕단천공은 정보를 규합하여 최적의 시나리오를 보여주는 일종의 시뮬레이터.

그래서 인간이 아닌 신적인 존재에게는 효용(效用)이 크지 않다.

실제로 흑천마검과 싸울 때도 명왕단천공은 심각한 오류를 보인 적이 있었다. 명왕단천공이 보여준 이미지가 이번처럼 어긋나곤 했었다.

천서고에서 보았던 다른 무공들을 떠올린 그때였다.

팔 전체가 부르르 떨렸다.

우웅.

흑천마검이 검명(劍鳴)을 울렸다.

뿐만 아니라 흑천마검의 목소리가 살라딘의 의념을 증발시키면서 들어왔다.

─배를 채우겠다.

흑천마검의 짧은 한마디.

나를 도와주겠다는데 굳이 말릴 이유는 없지.

승낙하는 의미로 흑천마검을 살라딘을 향해 던졌다.

—소용없는 짓이다.

흘러들어 온 의념과는 달리 살라딘은 크게 놀라며 몸을 비틀었다. 흑천마검은 그대로 살라딘을 스치고 지나가 천공(天空)을 향해 질주했다.

그렇게 흑천마검이 시야에서 벗어난 그 순간, 그 일이 벌어졌다.

하늘 위 거대한 붉은 눈동자.

신이 지상을 굽어살피는 양 오로지 이쪽만을 응시하고 있었던 그것의 시선이, 문득 옆으로 움직였다. 거기에선 어둠이 밀려오고 있었다.

순식간에 반(半) 하늘을 가린 어둠은 계속해서 붉은 눈동자를 향해 가고 있었다. 하늘 반절이 밤처럼 어두워졌다. 그러나 별 하나, 달빛 한 줌 없이 오로지 어둠뿐이었다.

그 기이한 광경에 나도 그렇지만 살라딘 또한 넋을 잃고 바라봤다.

분명 붉은 눈동자는 신적인 존재였었다. 하지만 본인을

향해 밀려오는 어둠을 보는 눈동자에는 인간의 감정이 서리고 있었다.

"두려워하고 있어…… 저 어둠을……."

나는 어둠의 끝과 끝에 걸쳐진 뭔가를 발견했다.

고개를 휘휘 돌려 봐야 할 만큼 가득 찬 어둠.

어둠의 양 끝에는 뾰족하게 튀어나온 하얀 공간이 있었다.

"설마."

부정하기에는 하얀 공간의 형체가 점점 뚜렷해지고 있었다.

"이…… 빨."

아!

하늘 끝에 뾰족뾰족 걸린 여러 개의 하얀 공간들은 이빨이며, 하늘 전체를 가린 어둠은 입 안이다. 그 크기가 실로 거대하였기에 쉽게 알아차리지 못했던 것이었다.

직접 보고도 믿을 수 없는 광경이 아닐 수 없었다.

절대 범접할 수 없을 것만 같았던 신적인 존재, 붉은 눈동자는 저 입에 비하면 미물(微物)에 불과했다.

검은 하늘이 서서히 닫힌다.

세상이 조용해졌다.

"……."

잠시 뒤 다시 하늘이 열렸는데, 붉은 눈동자는 어디에도 없었다.

바로 그때.

살라딘도 하늘에서 추락했다.

거대한 붉은 눈보다 수십 배는 더 거대한 입이 그것을 집어삼켰다. 그리고 그 입은 의심할 여지없이 흑천마검이었다.

살라딘이 모래밭 위에서 꿈틀거렸다.

주위에는 그녀가 토해 낸 것이 분명한 선혈들이 낭자해 있었다.

"떨어질 때 몸을 보호하지 못했군. 쯧."

신체 능력을 초인급으로 끌어 올렸다면 조금도 다치지 않았을 거다. 그러나 그녀는 살라딘의 초인적인 신체가 아니라, 평범한 여인의 몸으로 하늘에서 떨어진 것이었다.

겨우 목숨만 부지하고 있는 상황. 내 도움이 없다면 살라딘은 결코 살아날 길이 없다.

─어떻게…….

살라딘은 죽어 가고 있는 와중에도, 작금의 상황이 그렇게 놀라운 모양이다. 본인도 모르게 보내고 있는 의념에는 혼돈만이 가득했다.

─어떻게…….

계속 그 의념만 흘러들어왔다.

한참을 멍하니 허공만 쫓던 그녀의 시선이 내 쪽으로 움직였다. 그녀의 시선이 내 어깨 너머로 꽂혔다.

뒤로 고개를 돌리자, 거기에 흑천마검이 인간형의 모습으로 서 있었다.

우적우적.

뭔가를 열심히 오물거린다.

─마신(魔神)들의 술탄…….

의념에서 느껴지는 살라딘의 감정은 뭐라 형용하기 어려울 정도로 복잡했다.

"크으윽."

살라딘이 추락한 이후 처음으로 몸을 비틀며 고통스러워했다.

그러던 그때, 그녀와 눈이 마주쳤다.

─살려 줘.

"너와 나. 누군가는 죽어야만 끝나는 싸움이 아닌가. 앞서 말했지만 난 너와 계속 싸우고 싶지 않아. 여기서 모든 걸 끝내자."

─살려 줘. 제발.

살라딘은 눈빛으로 갈구했다.

차마 뿌리칠 수 없을 만큼 애잔하기까지 했다.

살라딘은 자신을 살릴 수 있는 사람은 지금 그녀의 눈앞에 있는 나뿐이라는 것을 알고 있었다. 차라리 내게 저주를 퍼붓는다면 일은 쉬웠다.

발길을 돌리면 그녀는 폭염 아래 시름시름 앓다가 죽을 테니까.

그러나 그녀는 애처롭게 목숨을 빌었다.

"너는 후환(後患)이 될 터인데. 어떻게 살려 줄 수 있겠어."

―나는 당신에게 위협이 될 수 없다.

"쿨럭."

살라딘이 피를 토하는 와중에도, 그녀의 의념이 계속해서 흘러들어왔다.

―나를 살려만 준다면, 당신의 사람들을 찾는 걸 도와주겠다.

젠장.

그 소리가 절로 나왔다. 살라딘이 한 제안은 내가 결코 거부할 수 없는 제안이었다. 생각을 읽힌다는 건 그런 것이었다.

순간적으로 나신이 된 듯한 부끄러운 마음이 들었고, 불쾌했으며, 그래서 그녀가 더 괘씸해졌다.

"어떻게 도와줄 거지?"

그르르륵.

응어리진 핏물이 입 안에 가득 찬 소리가 났다. 핏물이 목구멍을 막고 있다. 살라딘은 더 이상 숨을 쉬지 못하고 제 목만 매만졌다. 살라딘의 얼굴에서 핏기가 점점 사라진다.

—나의 세 번째 눈으로, 당신의 사람들을 찾을 수 있다.

이 와중에도 의념이 더 선명해져?

나는 살라딘의 강인한 정신력에 놀라서 그녀를 다시 쳐다봤다.

살라딘의 눈이 반쯤 뒤집히고 있었다. 꺽꺽 넘어가던 신음 소리도 더 이상 들리지 않았다.

죽기 일보 직전이다.

"지금의 간절한 그 마음을 잊지 말아야 할 것이다. 살라딘."

검지와 중지를 붙여 공력을 담았다.

탁.

중완혈(中脘穴:배꼽과 가슴 사이에 있는 혈 자리)을 짚었다. 그러자 그녀의 목구멍에 가득 차있던 죽은피가 울컥, 튀어올랐다.

사색에 가까웠던 그녀의 얼굴 위로 핏기가 조금씩 돌아

오기 시작했다.

살라딘의 상태에 다시 집중했다.

경혈만 손상 입은 것이면 이 자리에서 내가요상법(內家療傷法)으로 큰 효과를 볼 수 있다. 하지만 지금 살리단의 상태는 외과적 수술 또한 동반되어야 한다.

"네 은신처는 어디에 있는가?"

물음이 끝나기 무섭게, 머릿속으로 영상이 펼쳐졌다.

그건 살라딘의 은신처로 가는 방법이면서 살라딘의 기억, 그 자체였다. 살라딘은 의념뿐만 아니라 그녀의 기억까지도 전달할 수 있었던 것이다.

나는 놀란 눈으로 그녀를 바라보면서 두 팔로 조심히 안아 들었다.

제6장

율법에 의해

손을 휘저었다. 공력이 실린 바람이 앞으로 휘몰아쳤다.

"다들 꺼져라."

간신히 성기만 가린 반나체 상태의 사내 녀석들이 사방으로 튕겨 날아갔다. 모두 여섯. 동굴 벽과 강하게 충돌한 그놈들은 살라딘의 침대 위에서 시간을 때우고 있던 놈들이었다.

살라딘의 침대는 어지간한 방만큼이나 컸다. 나는 그렇게 큰 침대는 처음 보았다.

금실로 아라베스크 무늬를 수놓은 얇은 천이 그 넓은 침대 위에 깔려 있었으며, 한쪽의 향로에선 몽환(夢幻) 효과가 있는 연기가 자욱하게 피어오르고 있었다.

살라딘을 침대 가장자리에 눕혔다. 동굴 벽에 처박혔던 놈들이 간신히 일어나면서 밖으로 뭐라 시끄럽게 외쳐댔다.

침입자다! 침입자다!

그런 어투였다.

하지만 반대편 동굴 통로에서는 아무런 대답도 들려오지 않는다. 입구뿐만 아니라 통로에 있던 살라딘의 부하들을 모두 정신을 잃은 상태였기 때문이다.

"시끄럽군."

탄지(彈指) 여섯 가닥이 총알처럼 날아갔다. 드디어 조용해졌다.

살라딘의 은신처, 특히 그녀의 침실은 동굴 주제에 무척이나 호화스럽다.

본교에서 직무를 수행할 때 서역의 물품들을 많이 다루었다. 보는 눈이 있다 자부하는데, 바닥에 깔린 양탄자들은 왕궁에만 납품될 최고 등급을 넘어설 만큼 질이 높았다.

침실로 들어오는 다엽형 아치 문만 봐도 그렇다. 금박이 아닌, 문 전체가 금으로 세공되어 있을 뿐만 아니라 큼지막한 보석들을 예술처럼 박아 놓았다.

"여기는 너의 궁이구나."

나는 살라딘을 내려다보며 말했다.

"여자는 없고 남자만 득실대지만…… 아무튼 견딜 만한가?"

―서둘러라.

흘러들어오는 살라딘의 의념은 한 점 부끄럼 없이 무척이나 당당했다.

―아무리 나라고 해도 계속 의식을 붙잡고 있을 수 없다.

"하! 구명(救命)받는 입장에서도 당당하기 짝이 없군. 사막의 율법이 그렇다지? 도와줄 거면 완벽하게 도와주고, 아니 그렇다면 시도조차 하지 말라. 그래그래. 그렇게 당당한 이유를 알겠어. 너는 이 사막의 지배자. 그만큼 고대부터 내려온 사막의 율법을 누구보다 중요시하겠지?"

―서둘러라. 시간이 없다.

내 생각을 읽은 것인지, 살라딘의 얼굴이 더욱 일그러졌다.

"뭐 이런 황당한 율법이 있나 싶었지. 그런데 말이야. 지금만큼은 마음에 드는군. 율법에 따르면 이 모든 게 전부 내 것이란 말이 아닌가. 보물들은 어디에 모아 놨을까."

처음부터 살라딘의 재산에 관심이 있었던 건 아니었다. 그러나 막상 살라딘의 은신처에 오고 나니, 그녀가 엄청난 거부라는 걸 새삼 깨달을 수 있었다.

본교를 수복하기 위해선 많은 재화가 필요하다. 전비(戰費)뿐만이 아니라, 수복한 다음에도 본교를 이전처럼 복구하려면 천문학적인 복구비용이 들 게다.

그때, 살라딘은 고통스러운 얼굴 위에 얇은 미소가 떠올랐다.

"계속 내 머릿속에 들어올 텐가? 현명하지 못하군."

—왕국을 빼앗긴 왕을 왕이라 할 수 있을까. 당신은 붉은 사막의 왕이 아니었다. 붉은 사막의 주인은 바뀌었어.

계속해서 의념이 전해 왔다.

동시에 침대 위에서 고통스러워하고 있는 살라딘의 모습을 보고 있노라면, 마치 다른 사람과 소통하는 듯한 느낌이 든다.

"그렇다면 너도 이제는 서쪽 사막의 지배자가 아니지. 네 모든 건 이제 전부 내 것이 될 테니까. 사막의 율법에 따라."

—당신이 있는 이곳이 어디라고 생각하지?

"색락(色落)으로 가득 찬 환락궁. 딱 그렇게 밖에 보이지 않는군."

구석에서 내 눈치만 살피고 있는 벌거숭이들을 쳐다보며 말했다.

—여기는 살라딘의 안식처, 율법에서 벗어난 곳이다.

"그래? 내가 듣던 것과는 다르군. 마스지드에서 율법을 주관한다던데. 그럼 성자들이 지켜보는 가운데 너를 치료해 줘야 하는 건가?"

—당신의 농담을 받아 줄 만큼, 내게는 시간이 남아 있지 않다.

"농담이 아니야. 내가 얼마나 진지한지 네가 모르지 않을 텐데?"

나는 집게손가락으로 내 이마를 톡톡 건드리며 웃었다.

얼굴로는 웃고 말은 장난처럼 내뱉고 있지만, 나는 진심이었다.

로마에 오면 로마의 법을 따라야 하는 법.

그래서 카라반 상인이 율법을 이행하길 요구하면 그렇게 하려 하였다. 또한 살라딘의 지배권을 인정하여 그녀를 서쪽 사막의 지배자로 대우, 최대한 그녀의 요구에 응하려 하였다.

그녀가 나보고 종마가 되라는 수치스러운 요구만 하지 않았어도, 그녀는 지금의 재앙을 겪지 않을 수 있었다.

"너희들의 역사와 찬란하게 이어 온 문화를 존중하는

것이지. 목숨을 애걸하면서도 잃지 않은 너의 그 자존감은 고대로부터 내려오는 것이 아닌가. 나의 요구는 지극히 정당하다."

—동방에서 온 자들을 적지 않게 보았다. 하지만 누구도 당신과 같이 생각하지는 않았지.

눈을 질끈 감고만 있던 살라딘이 그때, 눈을 번쩍 떴다.

살라딘이 고통스러워하면서도 나를 뚫어지라 쳐다봤다.

순간, 그녀의 얼굴이 놀라움으로 가득 찼다.

—이럴 수가. 신의 세계에서 온 것인가?

뭐?

—신의 세계가 아니었다. 그러면 당신이 온 세계는 무엇인가? 또한 '마신들의 술탄' 같은 위대한 분께서 인간에게는 왜 얽매여 있는 것인가? 당신의 정체는 대체 무엇이란 말인가?

그녀는 내 머릿속을 제 것처럼 헤집고 있었다. 나는 자연스럽게 얼굴이 일그러졌다. 그녀가 하고 있는 행위는 공격이나 다름없었다.

이건 침입이다!

그럼에도 불구하고 나는 그녀의 행위를 막을 수 없었다. 낯선 기운이 내 머릿속으로 파고드는 것도 아니었고, 눈에 보이는 어떤 실체적인 힘이 있는 것도 아니었기 때문이다.

"이 땅에선 '살라딘'을 무척이나 두려워하더군. 악마를 섬기기 때문에 그런 줄로만 알았지. 하지만 그게 아니었어. 누구나 너를 두려워할 수밖에 없겠단 말이지. 네 앞에선 숨길 수 있는 게 없을 테니까. 살려 주고 싶은 마음이 싹 가셨지만, 그래서 더 살려 줘야겠다. 썩 내키지는 않아도."

서방의 무공은 역시 동방 무림의 것과는 완전히 다르게 발전하였다.

뒤로 고개를 돌렸다. 벌거숭이 한 녀석이 탁자 앞에 있었다. 놈은 과일에 꽂힌 단검을 향해 슬그머니 손을 뻗고 있는 중이었다.

놈도 다른 벌거숭이들처럼 성기에 기운이 쏠려 있다. 내게 발각된 그 순간, 성기 쪽에 응집된 기운의 양이 늘어났다.

정확히 하자면 양이 늘어난 게 아니라 그렇게 느껴지는 것뿐이다. 온몸의 기운들이 성기의 할라를 왕복하는 횟수가 일반적인 상태보다 몇 곱절은 늘어난 것이다. 그러한 작용에서 초인적인 힘이 나온다.

"하지만 네놈은 수준이 너무나 낮군."

녀석은 기풍에 떠밀려 또다시 동굴 벽에 충돌했다.

"또다시 허튼짓을 하는 놈이 나온다면, 다음에는 모두

의 목숨을 가져가겠다. 그때 가서 나를 인정 없다 하지 말
거라."

벌거숭이 여섯을 향해 말했다. 언어는 통하지 않지만,
내 의중이 녀석들에게 확실히 전해진 것 같았다. 녀석들의
눈에서 전의가 사라졌다.

허공섭물.

앞으로 뻗은 손으로 과일에 꽂혀 있던 단검이 날아왔다.

검자루마저 황금으로 되어 있었다. 공력을 일으키자 염
화(炎火)가 짧은 검날을 휘감았다 사라졌다.

소독 끝.

"지금 네 배를 절개할 것이다. 하지만 염려할 것 없다.
비록 외과적 치료를 해 본 적이 없어도 방법만은 아주 잘
알고 있으니까."

그때 전해 온 살라딘의 의념을 언어로 해석하자면.

—제기랄.

딱 그것과 비슷했다.

나는 천의에게 새로운 의학을 접하게 해 주었다. 그가
동양 의학과 서양 의학을 접목시킨 종합 의학의 끝을 이루
는 데 일조하였다. 그것에 대한 보답으로 기영이 어머니의
암을 치료할 수 있게끔, 그의 신술(神術)을 전수받는 걸 당

연하게 여겼었다.

아아.

그때 나는 얼마나 멍청하리만큼 어렸단 말인가!

천의는 일평생을 동양 의학에 매진한 사람이다. 그에게
있어서 동양 의학은 그의 전부를 넘어선 종교와도 같은 존
재였을 것이다.

사람은 자신의 신념과 정반대의 것을 접하면 적대시한
다. 오직 하나이기 때문에 신념이며, 절대로 옳기 때문에
신념인 것이다. 그래서 세계의 큰 전쟁들은 종교와 이데올
로기에 인한 것들이었다.

그런데 천의는 그의 신념과 정반대인, 서양 의학을 마주
했을 때 배움의 자세를 보였다.

서양 의학을 배척(排斥)하지 않으면서.

'의(醫)는 하나지만 의학은 여러 가지이며 요법은 수만
가지다.'

라고까지 하면서 말이다.

그때 그는 이미 의술을 많이 익힌 의자(醫子)가 아니라,
마음으로 만류귀종(萬流歸宗)의 도를 깨달은 선인(仙人)이
었던 것이다.

나는 그렇게 대단한 사람에게 의술 전부를 전수받았다.

하늘이 내린다는 세 번의 기회.

대의원에서 일 년 반이라는 세월이 바로 그 세 번 중 한 번의 기회였을 거라 확신한다.

"너희들이 비단의 나라라고 부르는 그곳에 천의라는 분이 계시다. 감사는 내가 아니라 그분께 해라. 그분 덕에 네가 살아 있는 것이니까."

살라딘은 죽은 듯이 누워 눈을 감고 있지만.

—경이롭다.

감격에 가득 찬 그녀의 감정이 제대로 느껴졌다.

살라딘 또한 의술에 어느 정도 정통한 모양이다. 그렇지 않고서야 그녀가 얼마나 대단한 시술을 받았는지 알 수 없었을 테니까.

"알아봐 주니 내가 더 고맙군."

개복(開腹)했을 때, 그녀는 내가 예상한 것보다 훨씬 심각했다.

살아남은 장기가 없을 정도였다. 뿐만 아니라 붉은 눈 악마가 죽는 순간 그녀에게도 무슨 이상이 왔는지, 진기의 흐름에도 이제껏 보지 못했던 큰 문제가 있었다.

그럼에도 불구하고 나는 그녀를 살려냈다.

천의가 집대성한 종합 의학이 존재했기 때문이지 동양 의학과 서양 의학, 어느 하나만 있어서는 결코 가능한 일이 아니었다.

　—이런 날이 오길 기다려왔던 것 같다.

　문득 느껴지는 의념에 나는 살라딘 쪽으로 고개를 돌렸다.

　어느새 눈을 뜬 그녀가 애틋한 눈으로 나를 지그시 바라보고 있었다.

＊　　　＊　　　＊

　내 마음을 읽을 수 있는 사람을 옆에 둔다면, 더욱이 그 사람이 여성이었을 때 가장 곤란한 점은 아무래도 성욕이다.

　'이국(異國)의 여자라 몸매가 육감적이군. 한번쯤 자 보고 싶다.'

　본능적으로 호흡하듯, 그러한 생각 또한 지극히 자연스럽게 피어오른다.

　막으려 한다고 막을 수 있는 게 아니다. 생각(念)이 있은 다음에 이성(理性)으로 행위를 결정짓는 것이지, 그 역순은 절대 될 수 없기 때문이다.

　—당신과의 성교는 나도 바라는 바다.

　내 생각이 또 읽혔다.

살라딘의 의념에 나는 속된 말로 쪽팔리면서도 어처구니가 없었다.

살라딘에게 있어 성교는 수련이다.

동방에서는 가부좌를 틀고 운기행공하여 단전에 기를 쌓는 수련이 주를 이루지만, 여기에서는 성교에서 오는 성에너지로 할라를 개발시키는 수련이 주를 이룬다.

그래서 애초에 나와 살라딘이 가지는 성교의 정의는 많은 부분에서 다르다.

"우리가 연인이 아닌 이상 그럴 일은 없을 것이다. 살라딘."

─주신아는 당신과 연인이 아니었다.

"생각을 읽는 것뿐만이 아니라 내 과거의 기억까지 더듬을 수 있다는 것인가?"

─아니다. 하나의 생각에 백만 가지의 기억이 딸려 오는 것뿐이다.

"말장난에 불과하군."

─내게 성욕이 인다고 하여 부끄러워하지 마라. 나도 당신을 원한다. 이 내가 남자에게 순수한 성욕을 가지는 경우는 극히 드물다. 그러니 자랑스러워해야 한다.

살라딘은 내 등에 업힌 채 눈을 감고 있었다. 우리는 함께 메르브로 돌아가고 있었다.

─내 몸이 다 낫는 대로 성교를 하자.

다시 그녀의 의념이 전해 왔다.

"성교. 성교. 그놈의 성교는 그만. 내 마음을 읽고 있지
않나? 너를 이 사막에 버려 버릴까, 계속 고민하는 내 마
음을 모르지 않을 텐데. 가뜩이나 의념을 계속 전달받고
있는 것만으로도 벅차다고."

나는 살라딘의 의념을 전달받고 있는 것이지 그녀와 말
로 대화를 하고 있는 게 아니었다.

말은 상대에게 자신의 의사를 전달하기 위한 형용화된
수단이다. 그래서 상대에 따라, 상황에 따라, 전하고자 하
는 의사에 따라 꾸밈 법이 달라진다. 하지만 의념은 생각
그 자체. 꾸밈이란 게 없다.

직설적이다. 아주 적나라하게 머릿속으로 파고든다. 정
신을 똑바로 차리지 않으면 그녀의 의념과 내 생각을 구분
할 수 없는 정도다.

그렇게 나는 동굴에서 나온 이후부터 줄곧 극도의 긴장
감을 계속 유지하고 있는 중이었다.

─미안하다. 내 의념을 이리 오랫동안 견딘 사람은 당신
이 처음이다. 이 내가 상상치 못한 일들이 당신에게서 나
온다. 당신은 대단하다. 그래서 이 내가 당신에게 끌리는
것이다.

"나는 네게 끌리지 않아."

―안다. 하지만 나와 성교를 하고 싶어 한다.

"미치겠군. 그건 내가 성불구가 아니라는 뜻일 뿐이지. 그 이상 그 이하도 아니야. 그 누구보다 네가 잘 알고 있잖아."

신경질적으로 모래밭을 찍어 찼다. 하늘을 나는 것처럼 높이 치솟아 올랐다.

광활한 사막의 광경이 시선 가득히 들어왔다.

그때 고개를 옆으로 살짝 젖히자, 내 어깨에 얼굴을 걸쳐서 고이 눈을 감은 살라딘의 얼굴이 보였다.

―안 잔다. 치유에 집중하는 중이다.

"몸이 낫기까지 얼마나 걸리지?"

―메르브에 도착할 때쯤이면 더 이상 나를 업지 않아도 된다. 하지만 당신의 등은 썩 괜찮다.

"그럼 두 시간이라는 말인데. 별로 안 걸린다더니…… 정말 그것밖에 안 걸린다고?"

그녀는 어떤 능력도 없이 평범한 여자의 몸으로 추락했다. 상태로 보건데 시술 후에도 이 개월 이상의 요양 기간이 필요하다 보았다.

본연의 생체 재생력이 약해 파열된 장 기관이 복구되지 않고 부러진 뼈가 쉽게 붙지 않는다면, 반년까지도 보았다.

하지만 그녀는 두 시간이면 충분하다고 말하고 있었다.

"할라를 개발하여 초인의 힘을 발휘한다는 것은 알겠다. 그런데 생체 재생력까지 극대화시킨다는 것인가?"

물론 모든 서역의 고수들이 두 시간 만에 아작난 몸을 복구시킨다는 것은 아니다.

이를테면 살라딘은 서역의 사대천왕 중 하나.

그렇다 하여도 내공심법이 신체 능력뿐만 아니라 생체 재생력까지 영향을 준다는 것만 하여도 매우 대단한 일이다.

이런 것은 들어 본 적조차 없다.

"대단해."

나도 모르게 중얼거렸다.

—내게는 당신이 더 대단하다.

그런 생각이 들었다.

서로가 대단한 게 아니라, 서로가 생소한 것이라고 말이다.

치솟아 오른 속도만큼 멀리 날아왔다. 바로 직전에 나타났던 관목(灌木)이 벌써 사라지고, 나는 다시 뛰어올라 시야 끝에 걸쳐 있던 모래 언덕 위까지 도약했다.

그런 식으로 몇 개의 카라반 상단을 빠르게 지나쳤다.

살라딘도 더 이상 의념을 전하지 않고 있었다.

—악!

이국의 경관(景觀)에 감상이 젖을 무렵, 갑자기 살라딘의 의념이 전해 왔다.

지독한 고통과 공포심에 실려 왔다. 살라딘의 의념으로부터 다양한 감정들을 느껴봤지만 이런 건 처음이었다. 그녀가 죽어가는 와중에서도 없었던 일이다.

나는 놀라서 모래밭 위로 빠르게 착지했다. 그 즉시 살라딘을 모래 알맹이 위에 내려놓았다.

"갑자기 무슨 일이야?"

살라딘은 냉동고 안에 있는 것처럼 벌벌 떨었다. 폭염의 사막 한가운데에서.

—건방진 계집.

기분 나쁜 목소리가 머릿속에 울렸다. 동시에 살라딘의 목 뒤에서 긴 손톱을 가진 다섯 손가락이 나타나, 그녀의 목을 강하게 움켜쥐었다.

"아악!"

살라딘은 눈이 튀어나올 만큼 고통스러워하면서 비명을 터트렸다.

"뭐하는 짓이야!"

외침과 함께 살라딘의 목을 조르는 손에 붙잡았다. 그

하얀 손의 악력(握力)은 공력을 일으켜도 떼어낼 수 없을
만큼 강대했다.

손에서 팔이 자랐다. 팔에서 어깨로 이어지며 가슴과 다
리가 나타났다. 이윽고 긴 머리카락에 온 얼굴을 가린 인
간형 전신이 살라딘의 등 뒤에 생성됐다.

"이 여자는 이미 크게 다쳤어!"

흑천마검의 눈동자가 머리카락 사이에서 섬뜩한 빛을
뿜어냈다.

녀석은 내 외침에도 아랑곳하지 않았다.

"당장 놔! 어차피 제약 때문에 이 여자를 죽일 수도 없
잖아."

그제야 살라딘의 목을 쥐고 있던 손이 스르르 풀렸다.

살라딘이 목을 만지면서 컥컥거렸다.

그녀의 상태를 보기 위해 허리를 굽히려던 그때였다. 갑
자기 그녀가 흑천마검이 서 있는 방향을 향해 넙죽 엎드렸
다.

그녀가 이쪽 말로 말을 하고 있기 때문에 정확한 말뜻을
모르지만, 그녀는 흑천마검에게 빌고 있는 것 같았다.

"이게 갑자기 무슨 일이야."

—이 건방진 계집을 죽여라. 애송이.

"왜."

─애송이 주제에 이 계집을 감당할 수 있을 것 같으냐?

틀린 말은 아니다.

"그런 말은 내가 이 여자를 치료하기 전에 했었어야지. 늦었어."

─죽이라면 죽여. 여자를 죽이는 게 마음에 거슬린다면 이 몸이 대신 죽여 주겠다.

"불허한다. 이미 나는 이 여자를 치료하였어. 무슨 말인지 모르겠나? 이 여자는 내 환자라는 말이다. 음…… 네 녀석이 알 리가 없겠지. 그런데 대체 무슨 일이야? 황당하군."

흑천마검이 대답할 것 같진 않고.

"무슨 일이야?"

살라딘에게 다시 물었다.

그러자 넙죽 엎드려 있는 살라딘에게서 의념이 날아왔다.

─마신들의 마신. 위대한 마신들의 술탄. 그분의 진노를 가라앉혀라.

"무슨 짓을 한 거지?"

─당신의 생각을 따라 기억을 보고 있었다. 그러다 그분에게까지 미쳤다.

살라딘은 내 기억을 보고 있었다.

본교와 동방 무림에 대한 기억도 있겠지만, 완전히 다른 세상에 대한 기억도 있었을 것이다.

그 기억들은 아무리 굉장한 정신력을 가진 그녀라도 이성을 잃을 만큼 흥분시켰을 것이다. 꼬리에 꼬리를 물 듯 내 기억들을 추적하다 보니, 흑천마검의 영역까지 침범한 것이 아닐까.

"갑자기 조용한가 싶더니 내 기억을 읽고 있었다? 거기다 이 녀석의 기억까지 보려 했다는 것이겠지? 이 녀석이 불같이 화낼 만하군."

—건방진 계집.

흑천마검이 송곳 같은 집게손가락 손톱을 살라딘의 정수리에 가져다 댔다. 완전히 굳은 살라딘에게서 공포로만 가득한 의념이 흘러들어오기 시작했다.

—지금 죽이는 게 좋을 것이다. 애송이. 네놈이 감당할 수 있는 것이 아니다.

감당할 수 있는지 없는지는 내가 판단한다.

"부탁하겠는데, 이 여자를 한번 용서해 주는 게 어때. 그래도 네 녀석을 위대하다고 경배까지 하잖아. 살려 주면 네 독실한 신자가 될 것 같은데."

흑천마검은 살라딘의 머리 곳곳을 손톱을 가져다 대길 반복했다.

살라딘은 그때마다 움찔 움찔거리면서 빌고 또 빌었다.

어느 정도 시간이 지나서였을까.

—마음대로. 후회는 네놈 몫이다. 애송이.

흑천마검이 흥미가 가셨다는 듯이 말했다.

나는 흑천마검이 검으로 돌아간 것을 확인 후 살라딘에게 집중했다.

다행히 시술 부위에 이상이 없었다.

대신 흑천마검에게 붙잡혔던 목에 다섯 갈래의 자상(刺傷)이 남아 있었다.

그곳에서 흘러나온 피로 주위가 범벅된 상태다.

어쩔 수 없이 소매를 찢어 살라딘의 목에 묻은 피를 닦아냈다.

"봉합하지 않아도 되겠지?"

살라딘이 뛰어난 생체 재생 능력을 지녔다는 것을 떠올리며 물었다.

살라딘은 정신이 반쯤 나간 사람처럼 천천히 고개를 끄덕였다.

눈동자에는 눈물까지 맺혀 있어, 사정 모르는 사람이 보면 영락없이 비련의 여주인공처럼 보일 정도였다.

"내게 존중을 받고 싶다면, 다시는 내 머릿속에 들어오지 말아라."

살라딘이 힘없는 표정으로 나를 응시했다.

"나는 너를 두 번 살려 주었다."

나도 슬슬 인내에 한계가 오고 있었다.

"물론 네 영력은 뛰어나. 하지만 그것이 네 목을 지키지는 못한다는 말이다. 네가 나보다 뛰어난 건 영적인 능력이지 직접적인 무력이 아니지 않은가."

살라딘을 다시 등에 업었다.

"많은 게 신기하고 궁금하겠지. 알고 싶겠지. 나도 네 많은 부분이 그렇다. 그러니 그 잘난 영력 때문에 목을 잃지 않으면 한다. 네가 예의만 지킨다면 우리는 괜찮은 관계가 될 수 있을 것이다."

—알겠다.

부르르.

살라딘의 몸이 아직도 떨리고 있었다.

"그러고 보니 이름도 모르는군."

"자하라."

살라딘이 그녀의 진짜 목소리를 내서 말했다. 사막의 백성들이 두려워하는 공포 대상자가 낸 목소리라기엔 생각보다 깨끗한 음색이었다.

*   *   *

일행들은 곤욕을 치르고 있었다. 험상궂은 이슬람 병사가 카라반 상인을 윽박지르고 있었으며, 나디아는 강제로 낙타를 압류하려는 노점 주인을 상대로 뭔가를 열심히 말하고 있는 중이었다.

이들이 가진 것 하나 없는 빈털터리라는 사실이 떠올랐다. 또한 자하라가 말했듯이 양소는 이미 도망치고 없었다.

나디아와 일행들은 영락없이 무전취식한 꼴이 되고 만 것이다.

나를 발견한 카라반 상인의 얼굴에 화색이 돌았다.

그때 자하라가 묵묵히 걸어갔다.

조금도 불편하지 않은 걸음걸이, 그녀는 완전히 나은 것 같았다.

그녀가 한 마디 말없이 노점 주인과 이슬람 병사에게 각각 은화 하나씩을 건네고 돌아왔다.

은화의 가치가 꽤 높은 모양이다. 내색하지 않으려 하여도, 횡재 맞은 기쁨이 얼굴 밖으로 기어 나와 꿈틀꿈틀 거리는 게 보였다.

나디아가 놀란 낙타를 진정시키고 있는 사이, 카라반 상인과 두 전사가 이쪽으로 걸어왔다. 자하라가 범상치 않은 인물이라는 것을 느꼈는지, 자하라를 살피는 그들의 눈초리가 무척이나 조심스러웠다.

전사 둘이 자하라에게 뭔가를 물었다. 하지만 자하라는 대답하지 않은 채 두 전사를 가만히 바라만 볼 뿐이었다. 그럼에도 불구하고 두 전사는 꿀 먹은 벙어리처럼 눈치만 살폈다.

일반인들의 눈에 자하라는 존귀한 피가 흐르는 귀족처럼 보일 것이다.

그녀가 쓴 검은 베일은 보는 눈이 없는 이라 하더라도 최상품이라는 것을 알 수 있을 만큼, 천 주제에 검은 윤기가 좌르르 흘렀다. 뿐만 아니라 자하라는 크고 작은 보석들로 세공된 반지와 팔찌를 여러 개나 차고 있었다.

하지만 자하라의 존재감을 증명하는 것은 아무래도 그녀 고고한 눈빛이라 할 수 있다.

"양소 놈이 도망치는 바람에 이들에게 통역할 사람이 없어. 네가 대신해 줄 수 있나?"

―알겠다.

"나는 네 부하들에게서 이 카라반 상단을 구해 주었다. 그래서 이 상인과 두 전사에게 묻고 싶군. 사막의 율법을 내게 요구할 것인지 말이야."

예상한 대로였다.

상인은 사막의 율법에 따라 그의 딸인 나디아를 내게 넘기고, 카라반 상단을 다시 꾸릴 수 있을 만큼의 재화를 요구했다. 이 땅에서는 그것이 지극히 당연스러운 일이었기에 그는 한 점 부끄럼 없이 당당했다. 나는 나디아를 불렀다.

시대적 문화상 때문에 불가피하게 아버지의 재산으로 잡힌 딸이라고 하더라도 어떻게 돌아가는 상황인지는 알아야만 한다고 생각했다.

그런데 나디아는 의외로 초연했다.

카라반 상인이 나디아의 어깨를 토닥이자, 나디아는 카라반 상인을 한 번 껴안은 후 내 앞에 섰다.

그런 다음 천천히 무릎을 꿇으며 내 발등에 입을 맞추는 것이었다. 다시 자리에서 일어난 그녀는 아버지 곁으로 돌아가지 않고 내 뒤쪽으로 돌아갔다.

곤란하다.

주신아와 200여 명의 주민들을 산화혈녀에게 맡긴 동일한 이유로, 나는 그녀를 데리고 갈 생각이 없었다.

"이렇게 전해 주겠나? 율법에 따라 다시 기반을 마련할 수 있을 만큼의 재화를 주겠다. 하지만 나디아는 받지 않겠다고. 지금처럼 그녀가 그녀의 아버지와 살기를 원한다고 말이다."

자하라가 내 말을 전하기 시작했다.

이상했다.

카라반 상인이 믿을 수 없다는 듯이 고개를 저었다. 그런 그의 눈동자에 눈물이 그렁거렸고, 옆에 있던 두 전사도 카라반 상인을 안쓰럽게 바라봤다.

뒤를 바라보니 나디아는 무척이나 슬픈 얼굴을 하고 있었다.

뭔가 오해가 생긴 것이 분명하다고 느꼈다.

"자하라. 내 말을 그대로 전한 게 맞나?"

─맞다.

"그런데 왜 이들은 기뻐하지 못할망정, 이런 반응들인가?"

─딸이 노예 시장으로 팔리는 걸 기뻐하는 부모는 없다.

아!

"받지 않는다는 건 그런 뜻이 아니다. 내 소유물을 내 마음대로, 다시 그녀의 아버지에게 돌려준다는 것이지."

─그런 건 없다. 네 노예로 부리거나 노예 시장에 팔거나.

자하라의 입 부분을 가린 면사(面紗)가 살짝 들썩였다. 그 위로 드러난 눈도 살며시 웃음 짓고 있었다.

"노예의 신분에서 자유민으로 풀어 주겠다는 것이다."

답답했다.

—몇 가지 경우를 제외한다면 노예는 자유민이 절대 될 수 없다.

노예병으로 전공을 세우거나, 주인의 부인이 되거나, 술탄의 인가가 있거나 하는 경우를 제외한다면 절대 불가능하다?

"내가 내 노예에게 자유를 준다는 데, 그걸 누가 간섭할 수 있단 말이지?"

—마스지드.

자하라의 의념과 함께 어떤 영상들이 뇌리를 스치기 시작했다.

흰색 통옷인 디스다샤와 노란 호박이 중앙에 박힌 흰색 터번 그리고 시미타로 대변되는 마스지드의 전사들.

마스지드의 전사 수십 명이 살귀와 같은 표정으로 날뛰는 영상이었다. 노예들이 질 낮은 창과 방패로 대항하였지만 어김없이 목이 베였다.

영상은 세 명의 마스지드 성자들이 노예들의 주인에게 사형 선고를 내리는 장면에서 끝이 났다.

노예를 해방시키려던 이슬람 거상의 최후였다.

—하지만 당신이라면 사막의 율법에 구속될 필요가 없다. 나도 도와주겠다.

어처구니가 없어서 피식 웃었다.

"너는 내가 마스지드와 한판 벌이길 원하는군?"

―신의 말씀을 전한다. 고대부터 내려오는 전통을 지킨다. 그런 명분으로 권욕만 채우는 자들이다. 당신은 이미 다른 세상에서 그런 자들과 전쟁을 하고 있지 않은가. 다를 것 없다.

자하라는 내 과거를 어디까지 아는 것일까.

속마음을 읽을 수 있는 것만으로도 질겁할 노릇인데, 그녀는 대상자가 살아온 과거까지 읽을 수 있었다. 그 능력을 악용한다면 그 방법은 수를 헤아릴 수 없을 것이며, 하고자 한다면 대상자의 사랑 또한 쉽게 얻을 수 있을 것이다.

생각하면 생각할수록 대단한 능력이 아닐 수 없다.

"다른 방법은?"

―없다.

"마스지드가 문제라면, 그들의 눈이 미치지 못하는 곳에서 자유를 주면 되지 않을까."

―해방 노예들만 잡으러 다니는 사냥꾼들이 있다.

자하라가 이번에도 그녀의 기억을 내게 전이했다.

그 기억에 따르면 이랬다.

타지에서 홀로 들어온 외부인은 도망친 노예이거나 해

방된 노예일 경우가 많다. 그래서 노예 사냥꾼들은 그런 소문들을 쫓아 움직인다.

그런데 사실 노예 사냥꾼들은 소문의 외부인이 노예였는지 아니었는지는 신경 쓰지 않는다. 일단 잡고, 노예 시장에 팔아도 별 탈 없는 사냥감이라는 것만 중요할 뿐이다.

나디아도 그렇게 될 확률이 높았다.

"아버지를 찾아가면 되지 않은가?"

—이자는 전형적인 사막의 남자다. 돌아온 딸을 받아줄 리가 없다.

카라반 상인을 바라보고 있는 자하라에게서 의념이 전해 왔다.

—애초에 딸이 아버지를 찾아가는 일이 없을 것이다. 당신은 이해하지 못하겠지만.

"그렇다면 방법이 없군. 일단은 나디아를 데리고 떠날 수밖에."

나는 마스지드 전사들이 노예들을 죽이는 장면을 떠올리며 말했다.

자하라가 일행들에게 다시 설명하기 시작했다. 어투에서부터 권위가 자연스럽게 실려 나와, 모두들 자하라와 눈을 마주치지 못했다.

일행들은 자하라를 대단히 높은 가문에서 나온 사람으로 여기고 있었다.

그런데 재미있게도 자하라는 말을 하고 있는 와중에도 의념을 보내왔다.

—당신의 부하들을 찾으러 떠나기 전, 당신과 거래할 게 있다.

뭐? 거래?

갑자기 바뀐 자하라의 태도에 황당하고 화가 났지만, 그녀가 일행들에게 말을 마칠 때까지 기다려 주었다.

이윽고 그녀가 말을 마치며 내게 걸어왔다. 그런 그녀의 어깨 너머로 크게 안도하고 있는 일행들의 모습이 보였다.

"지금이라도 널 제거할 수 있는 걸 모를 리 없을 텐데."

—당신은 가능하다.

그런 의미의 의념이 느껴졌다. 하지만 베일 위로 드러난 그녀의 눈동자는 조금도 흔들리지 않고 있었다.

—내 의념이 다 전해진다면 당신의 그 마음도 누그러질 것이다. 진정하라.

"계속."

—거래에 앞서 당신이 알아야 할 것은 당신이 날 치료해 주었던 그 동굴은 수많은 은신처 중의 하나. 나의 본궁은 따로 있으며 그곳에 내가 아끼는 수하들이 있다. 당신

의 예상대로다.

사막의 지배자라고 일컬어지는 살라딘의 본 거지라고 하기에는 그 동굴은 화려하기만 할 뿐 규모가 협소했다. 지키는 자도 별로 없었을 뿐만 아니라 무공 또한 낮았다.

어딘가에 재산과 병력을 둔 살라딘의 진짜 궁이 있을 거라고는 생각했었다.

—은신처에 있던 종마들과는 비교하지 마라. 나의 수하들은 당신이 자부하는 '사귀사마팔단'에 결코 떨어지지 않는다. 그들이 나를 찾고 있는 중이다.

"하고 싶은 말이 뭐지? 지금 그 말은 너를 지금 이 자리에서 바로 죽여 달라는 소리밖에 되지 않는다. 이해할 수 없군."

— '마신들의 술탄'께서 당신을 비호하고, 당신에게 얽매여 있는 한 우리는 당신을 어쩔 수 없다. 하지만 어쩐 일인지 당신은 그분의 도움을 원치 않는다.

"내가 왜 그러는지는 너도 알 텐데."

—모른다. 알고 싶지 않다. 다시는 그분을 어기는 일이 없을 것이다.

자하라는 흑천마검에게 입었던 목의 상처를 자신도 모르게 매만지고 있었다.

—나의 수하들이 합류를 하면 당신은 그분의 도움 없이

내게서 벗어 날 수 없다.

"그전에 너의 목이 주인을 잃는다는 건 생각하지 못하나?"

—위협과는 달리, 당신은 나를 죽이고 싶지 않아 한다.

나는 뭐라 꺼내려던 말을 꾹 눌렀다.

—당신은 나의 능력을 탐한다. 재산을 탐한다. 내 병사를 탐한다.

이래서 이 여자와 교류하는 것이 불쾌하다는 것이다.

나는 이 여자의 속마음을 알 수 없는데, 이 여자는 내가 원하는 것을 전부 다 알고 있다. 심지어는 내가 진짜 원하고 있나 확신할 수 없는 것까지, 그녀는 그 여부를 판단한다.

—당신의 부하들이 있는 곳까지 당신을 인도할 수 있다. 하지만 나는 당신의 그다음 계획을 알고 있다.

"감출 수 있을 거라고는 생각지 않는다."

본교를 수복하기 위해서는 재물뿐만 아니라 병력도 필요하다.

재물과 병력.

나는 자하라에게서 그 둘을 모두 보았다.

"율법에 따르면 이미 네가 가지고 있던 모든 것은 내 것이 아니던가."

―나는 율법에서 벗어났다.

역시나.

통할 것이라고 생각하지 않았다.

그래서 흑웅혈마와 주민들의 안전을 확보한 후, 돌아가는 길에 자하라의 세력을 흡수하려는 계획이 있었다.

―애초에 당신이 나를 살려 줄때, 당신은 내게 길을 밝힐 것만을 요구하였다. 그것이 당신을 나를 살린 이유였다. 하지만 이제 당신은 내게 더 많은 걸 탐하고 있다. 나의 능력. 재화. 병력. 이 나와 거래를 한다면 당신들은 그 것들을 모두 얻을 수 있다. 이 나와 거래를 하겠는가?

"거래 조건은?"

―어떤 자에게 내게 했듯이 하면 된다. 그뿐이다.

"네게 했듯이라면?"

―당신의 강한 힘으로 그자를 꿇리고, 그분께서 그자가 섬기는 마신을 집어삼키길 원한다.

피식 웃었다.

"그러니까 다른 살라딘을 제거해 달라는 말이군."

제7장

두 번째 중원인

　이슬람권 전체에 네 명이 존재하며, 하나같이 마신을 섬김과 동시에 술법의 대가라는 것.

　살라딘에 대해 아는 것이라고는 양소가 한 그 설명이 전부였다.

　자하라가 다른 살라딘의 제거를 거래 조건으로 들고 나온 이상 충분한 정보가 필요했다. 자하라에게 살라딘에 대한 자세한 설명을 요구하자, 그녀의 입술이 천천히 열렸다.

　"살라흐 앗 딘."

　자하라가 말했다.

—그것이 정확한 발음이다. 본래는 '피의 술탄'이라 불리는 옛 정복자의 이름이었다. 이 땅의 사람들은 누구든 그자를 두려워하였고, 그 이름은 마신의 이름처럼 전설이 되어 내려왔다. 그자가 죽은 이후에도 사람들은 그들이 두려워하는 자를 '살라흐 앗 딘'이라고 부르기 시작하였다. 당신이 알고 있는 대로 지금은 이 나까지 포함하여 넷이 그렇게 불린다. 하지만 당신이 잘못 아는 게 있다.

　"……?"

　—당신은 우리를 '술법사'로 생각한다. 양소가 잘못 알려준 탓이다.

　"그러면 아닌가?"

　—당신이 온 곳에서 술법이라 불리는 것들이 무엇인지, 나는 잘 알고 있다.

　"나샤마."

　자하라는 고유 명사를 전해야 할 때에는 이번처럼 그녀의 입으로 직접 말한다.

　"나샤마?"

　—그녀는 저주를 다룬다. 당신이 생각하는 술법과 비슷한 종류라 할 수 있다. 그러나 나나 다른 살라딘들은 아니다.

　표정 변화가 거의 없는 자하라의 얼굴이 살짝 찌푸려졌

다.

"제거를 원하는 게 나샤마 라는 살라딘인가?"

—아니다. 나샤마는 먼 카히라에 있다.

카히라?

익숙지 않은 지명이었다.

그 순간 자하라의 시선이 닿은 모랫바닥에 홈이 패이면서 그림이 그려지기 시작했다. 뭘 그리는가 싶었다. 큼지막한 그림이 전부 완성되었어도 자하라가 그린 것이 무엇인지 쉽게 와 닿지 않았다.

이집트, 터키, 페르시아만, 이란, 아프가니스탄과 파키스탄, 투르크메니스탄.

결론적으로 그녀가 그린 것은 이슬람 세력권을 대략적으로 담은 대륙 지도였다. 세계 지도를 통째로 그려 놓은 것이 아니라, 아랍과 중앙아시아 부분만 떼어 놓고 그렸기에 내가 쉽게 알아보지 못했던 것이었다.

손톱만 한 돌멩이 하나가 날아와 이란과 투르크메니스탄 사이에 놓였다.

거긴 키리쿰 사막 남부.

즉.

"우리가 있는 곳이군."

내가 말했다.

─여기가 카히라다.

모래밭 속에서 튀어나온 돌멩이가 지도 왼쪽 끝 부분에 내려앉았다. 흥미로운 지점이라고 생각했다. 그곳은 다름이 아니라 이집트 카이로, 딱 그 위치였기 때문이었다.

"다른 살라딘들은 어디에 있지?"

그 물음을 기다렸다는 것처럼 이번에도 돌멩이 두 개가 모래밭에서 툭 튀어나왔다. 하나는 이란 북부인 테헤란 위치에 놓였고, 다른 하나는 쿠웨이트에 놓였다.

볼수록 신비로운 능력이다. 기공(氣功)이라면 미묘한 기척이라도 느낄 수 있을 텐데, 그녀가 부리는 능력에는 조금의 전조도 느낄 수가 없다.

─도둑은 나쁜만이 아니군.

"뭐?"

자하라는 뜻 모를 의념에 대답하지 않고선 이란 북부에 있는 살라딘의 이름이 무트타르, 쿠웨이트 쪽에 있는 살라딘의 이름이 슐레이만 이라고 밝혔다.

네 명의 살라딘이 이슬람 대륙의 사방(四方)에 퍼져 있다는 양소 놈의 말대로였다.

놈의 말대로 모래 지도에 놓인 돌멩이 위치는 동, 서, 남, 북 고르게 놓여 있다.

동에 자하라.

서에 나샤마.

북에 무트타르.

남에 슐레이만.

이쯤 되자 궁금해지는 게 있었다.

"그럼 하나 묻지. 너희들은 칼리프의 인가를 받은 술탄들인가?"

그렇다면 살라딘들은 부하를 많이 이끌고 있는 도적단의 두목이 아니라, 한 지역을 다스리는 패자가 되는 것이다.

"일단 너는 어떻지?"

본교에 있던 시절, 페르시아만에서 오는 상인들을 통해 서역 사정을 대충 알고 있었다.

이슬람 문화권 전역의 절대자는 단 한 명, 칼리프다. 칼리프는 여러 명의 술탄을 두어 그 넓은 제국을 다스린다. 그래서 칼리프는 황제, 술탄은 왕의 개념으로 접근하면 이해가 쉽다.

나는 살라딘들이 높을 확률로 술탄의 칭호를 받았을 거라고 추측했다. 그렇지 않다면 칼리프가 제국의 위험요소를 가만히 놔뒀을 리가 없기 때문이다.

살라딘들이 초인적인 자들이라고 하여도, 서로는 이집트, 동으로는 중앙아시아와 이란에 이르는 영토로 황금기를 맞고 있는 대 제국의 강력한 힘을 감당할 수는 없는 법이다.

"네가 술탄이라면 더더욱 네 도적단들은 이해가 안 된단 말이야."

그녀가 술탄이라면 도적단을 운용할 게 아니라, 도적단으로부터 그녀의 백성들을 지켜내야 하는 게 맞다.

—내 부하들의 일탈이 당신의 오해를 샀다. 이해한다.

"무엇을?"

—내 부하들이 도적질을 한 것은 맞으나, 엄연히 술탄의 병사. 도적단은 아니다. 그들은 일탈을 하였고 그때 당신의 눈에 뜨인 것뿐이다.

"그러니까 네 말은 그것들이 원래는 병사라는 말인가?"

양소는 자신과 놈의 부하들이 도적단이라는 것을 부정하지 않았던 것을 떠올리며 말했다.

—그렇다고 인정한 것 또한 아니었다. 당신은 많은 부분에서 양소에게 속았다.

"속았다고?"

웃음을 참지 못한 그녀의 베일이 가늘게 떨렸다.

그녀는 곧 웃음을 멈추고 설명을 이었다.

이 이슬람 제국의 칼리프는 많은 술탄을 두었다. 제국의 영토가 드넓고 수많은 이해관계가 얽힌 탓에 제국의 술탄은 무려 30명이 넘었다.

술탄들은 한 지역의 왕(王)으로 이슬람 백성들의 경외를 받지만, 그중에서도 유독 '살라딘'이라 불리며 이슬람 백성들에게 공포의 대상이 된 술탄들이 존재해 왔다.

그들은 하나같이 할라를 극성까지 개발시켜 인간의 범주를 뛰어넘었다. 뿐만 아니라 마신과의 계약을 통해 그 절망적인 힘을 빌리는 법도 알았다.

살라딘은 늙지 않는다. 어느 날 갑자기 나타나 한 지역을 수십 년이 넘도록 통치한다. 영원히 끝날 것 같지 않았던 그 통치의 마지막은, 어김없이 다른 살라딘에 의해 장식이 되어 왔다고 한다.

살라딘간의 전쟁은 수백 년간 지속되어 왔던 것이다.

한창때는 여덟 명이 넘었던 적도 있다고 하나, 현재 살라딘이라 불리고 있는 술탄은 단 네 명뿐.

자하라가 그중에 한 명이다.

"양소 그놈. 처음부터 계획적이었어."

자하라의 설명을 끝까지 들은 나는 완전히 속아 넘어갔다는 것을 깨달았다.

놈은 엉터리 통역으로 살라딘에 대한 나쁜 선입견을 내게 심었다. 그 결과 나는 자하라를 근방을 다스리는 정당한 통치자로 인식하지 않고, 사술과 악마를 부리는 도적단의 나쁜 두목으로 여기게 되었던 것이다.

"네 병사들은 하나같이 도적질과 이간질에 능숙하군. 양소, 그놈…… 지금쯤이면 멀리 도망쳤겠지?"

—그는 도망치지 못한다.

"그게 무슨 말이지?"

—그는 내 손바닥 위에 있다.

자하라의 눈이 싸늘한 웃음을 지었다.

바닥의 지도가 지워지며 모래 위로 양소의 얼굴이 불쑥 솟아올랐다.

—저주를 다루는 것은 나샤마 뿐이 아니다.

모래 위로 솟아오른 양소의 얼굴에 서리가 끼었다. 타는 듯한 태양 아래 잘게 쪼개어진 모래 위로 한겨울 마냥 흰 서리가 낀 거다.

—그는 나와 그대가 싸우게 유도했다. 나로부터 도망칠 기회를 얻고자했고 성공했다 여겼을 거다. 그대가 나에게 오는 것을 확인한 그 즉시, 도망쳤으니까.

"흠."

자하라의 말에 얼굴이 붉어졌다. 놈이 엉터리 통역을 하면서 속으로 나를 비웃고 있었을 거라고 생각하니, 얼굴이 뜨거워진다.

"그런 간신배 같은 놈이 무슨 쓸모가 있다고 붙잡아 둔 거냐."

투덜거리기는 했지만 자하라가 무슨 생각으로 양소를 잡아다가 부하로 부리고 있었는지는 알 것 같았다.

놈은 여기서는 보기 힘든 먼 동방의 무인(武人)으로, 인정해 주기 싫지만 놈의 무공 또한 썩 나쁘지 않았으니 연구 대상으로 쓸 만했을 거다.

생각해 보면 그녀가 그런 양소를 그냥 올곧이 두었을 리가 없다. 무언가 술수를 부렸을 것이 당연한 일이다.

내가 이쪽의 무공과 할라 수련법에 관심을 가지듯, 그녀 또한 동방의 무공에 관심을 가질 수밖에 없었을 테니까 말이다.

"그놈을 내게 데려다 주겠나?"

―일만 완수한다면 기꺼이.

자하라 눈이 화사하게 웃었다.

―무트타르는 테헤란의 술탄이다.

무트타르.

내가 제거하길 원하는 다른 살라딘이다.

"그 역시 특별한 무언가를 가지고 있겠지? 서쪽의 살라딘은 저주를, 동쪽의 살라딘인 너는 세 번째 눈으로 인간의 마음을 꿰뚫어 본다. 하면 북쪽의 살라딘은 무슨 능력이 있지?"

　―대답해 줄 수 없다.

　"뭐?"

　―무트타르가 살라딘이라 불리기 시작한 건 불과 오 년도 되지 않는다. 그동안 그와 직접적으로 부딪친 적이 없기 때문이다.

　"그렇다고 능력을 모른다고?"

　―쓸데없는 추측으로 상대해도 좋을 만큼 쉬운 상대는 아니다.

　"모든 상황을 염두에 두라는 건가?"

　―그렇다.

　"하면 너처럼 세 번째 눈을 가졌을 수도 있나?"

　―그럴지도.

　베일 속 눈동자가 작게 반짝였다. 마치 시험지를 만들어 건네는 선생님 같은 얼굴이다.

　―이 내가 당신에게 알려줄 수 있는 건 무트타르에게 살라딘의 칭호를 빼앗긴 전대 살라딘은 살라딘 중에서도 손에 꼽히는 대단한 자였다.

　"그런 대단한 자를 죽일 만한 실력자. 그런 자를 내가 이길 거라 어떻게 확신하지?"

　―당신이 아니다. 그분께서 이뤄 주실 거다.

스르르.

자하라의 신형이 미끄러지듯 내려가는가 싶더니, 어느새 그녀는 나를 향해 절을 하고 있었다. 나는 단번에 알아차렸다.

그녀가 내게 보이는 경의는 내가 아니라 흑천마검을 향한 것임을.

"광신도가 따로 없군."

자하라를 쳐다보며 혀를 찼다. 그러자 그녀가 허리를 굽힌 허리를 펴며 나를 바라보았다.

─무트타르를 상대하는 것이 불쾌하다면 이야기를 다시 돌려도 좋다. 동침에 들어 나를 얻게 되면 그대가 원하는 모든 것 역시 그대의 것이 된다. 나는 당신을 종마가 아니라 나의 남편으로 맞고자 한다.

남편이라니?

"산 넘어 산이라. 그 이야기는 이미 끝났어."

옷깃을 끌러 내리는 그녀를 향해 말을 뱉고는 자리를 털고 섰다.

─그러면 거래에 응해라. 나는 그 대가로 당신이 바라는 모든 지원을 하겠다. 당신의 부하와 백성들을 찾는 일이며, 흡수한 무트타르의 병사들까지 더해 당신이 빼앗긴 붉은 사막을 되찾는 데 일조를 하겠다는 것이다.

선택지는 세 가지.

1. 귀찮은 추격자들을 감수하고 이 자리에서 자하라의 목을 벤다.

2. 자하라를 부인으로 들인다.

3. 거래에 응한다.

고민은 끝났다.

"3번으로 하지. 신뢰를 잃게 되면 어찌 될지는 네가 더 잘 알 테니까."

＊　　　＊　　　＊

도시 마슈하드의 거대한 성문은 화려함의 극치가 무엇인지 적나라하게 보여 주고 있었다. 그 커다란 성문 전체에 형형색색의 귀한 보석들을 사막의 모래알 다루듯이 박아 넣었으며, 바닥과 천장에는 오색찬란한 타일들로 도배를 하였다.

술탄의 궁전으로 들어가는 문도 아니었다.

그저 도시로 진입하는 성문에 불과한데, 거기에서부터 마슈하드의 번영과 이 도시를 통치하는 술탄의 파워가 느껴지고 있었다.

성문밖에 펼쳐진 교역 시장의 규모는 키리쿰 사막에 있

던 메르브보다 세 배는 컸다. 각지에서 몰려든 상인들이 낙타와 양 등의 가축을 끌면서 분주하게 움직이고, 그 사이사이로 이슬람 기병들이 말을 몰면서 시장의 치안을 담당하고 있었다.

거대한 황금 성문에서만이 아니라 기병들의 군기(軍紀)에서 또한 이 도시의 저력이 대단하다는 것을 다시금 느끼면서, 나는 자하라를 바라봤다.

—나의 궁전으로 가겠는가?

자하라가 성문 안쪽으로, 저 멀리 위치한 거대한 이슬람 궁전을 눈짓해 가리켰다.

그렇다.

여기는 키리쿰 사막 전체와 사막 끝 남쪽의 일부분까지를 영토로 삼는 일국의 수도이자, 술탄 자하라의 통치령이다.

우리는 무트타르에게 가기 전, 자하라의 도시에 들렀다.

"아니. 궁전 안보다, 밖이 더 궁금해. 근방을 둘러보고 있겠어."

—준비가 끝나면, 내가 당신을 찾아가겠다.

자하라는 성문으로 들어가는 수많은 인파 속으로 사라졌다.

우리의 계획은 다음과 같다.

자하라는 그녀의 능력으로 무트타르를 도시 밖으로 꾀어낼 수 있다 자부하였고, 거기에서부터 계획이 시작된다.

자하라가 무트타르를 단신으로 꾀어내면 나는 무트타르를 상대한다. 그러는 사이 자하라는 그녀의 군사들을 이끌고 무트타르의 도시를 친다.

"테헤란이라……."

무트타르가 지배하는 도시는 엘부르즈산맥 남쪽에 위치한 도시로, 현실 세상에서는 이란의 수도 테헤란으로 불리는 곳이었다.

자하라의 도시로부터 거리는 약 팔백 킬로미터쯤 떨어진 곳.

팔백 킬로미터라면 자하라가 자랑하는 그녀의 기병대도 칠 일이 걸리는 거리다.

계획은 단순하지만 진군(進軍) 거리가 먼 만큼, 자하라도 준비해야 할 게 많았다.

자하라에게 하루의 시간을 허락했다. 흑웅혈마와 십만 주민들의 안위가 확인되지 않은 지금, 무턱대고 여유를 부릴 수는 없다.

"나디아."

내가 부르자, 황금 성문을 구경하고 있던 나디아가 고개를 돌렸다.

나는 점심을 하자는 제스처와 함께 "알가다 으", 라고 말했다. 나디아의 표정으로 볼 때 내가 기억해 낸 서역어가 틀리지 않은 것 같았다.

본교가 서역과 중원의 중간 무역을 관리하는 만큼, 본교의 교도들은 서역어에 능통하다. 외부적인 업무를 맡은 교도라면 당연히 서역어를 모국어처럼 할 줄 알았고, 그렇지 않은 이들 또한 간단한 회화 정도는 할 줄 알았으며, 어린 소교들은 무공과 함께 여러 서역어 중 하나를 택해 배워왔다.

상황이 이렇게 되고 보니 진작 서역어를 배워둘 걸 하는, 후회가 드는 것도 사실이다.

어쩔 수 없이 나디아를 통해 눈치껏 이쪽 언어를 습득하고 있는 중이었다.

나디아는 괜찮은 식당을 찾으며 걸었고, 나는 그녀와 함께 걸으며 도시 구경을 했다.

그런데 메르브까지만 해도 도시 주민들은 내게 그렇게 호기심을 보이지 않았지만 여기는 달랐다.

검은 머리에 검은 눈동자, 그들과 다른 피부와 그들보다 낮은 코.

주민들은 나를 보면서 쑥덕거렸다. 심지어 누구는 마스지드 전사에게 나를 손가락질하면서 뭔가를 열심히 말하고 있기까지 했다.

그래도 도시를 순찰 중이던 이슬람 경비병들은 교역 도시의 병사들답게, 나를 지나치게 경계하는 모습은 보이지 않았다.

그러던 중 사람들이 웅성거리는 소리가 들렸다.

우리는 광장에 몰린 사람들 틈 속으로 슬그머니 끼어들었다.

"음?"

야유와 환호성이 번갈아가며 터지는 걸 보고, 상황이 대충 눈에 보이긴 했다.

사람들은 싸움 구경을 할 때 이런 열기를 보이는 법이니까 말이다. 이슬람 사내들끼리 싸우는 장면은 보지 못했거니와, 어쩌면 이들의 무공을 견식할 수 있을 기회가 되겠거니 생각했었다.

그런데 내 시선에 들어온 한 사내는 검은 눈동자와 검은 머리칼을 지닌, 중원인이었다.

이쪽 대륙으로 넘어와서는 양소 이후로 처음 보는 중원인이 거기에 있었다.

"일단 넷은 쓰러트렸고."

바닥에는 이미 이슬람 남자 넷이 쓰러져 있었다.

그러나 아직 중원인은 두 명의 이슬람 사내를 상대 중이었고, 안타깝게도 중원인이 많이 지치고 다친 것과는 달리 상대 둘은 금방 투입된 것처럼 쌩쌩했다.

대중들 틈에는 병사들도 있었다. 병사들 또한 대중들처럼 불끈 쥔 주먹을 위아래로 흔들면서 흥미진진한 얼굴로 싸움을 구경하고 있었다.

싸움은 중단되지 않을 것 같았다. 아마도 중원인이 쓰러질 때까지 싸움이 계속되겠지만, 그렇다고 내가 끼어들 생각은 눈곱만큼도 없었다.

쉬익.

이슬람 사내 둘이 동시에 중원인에게 달려들었다.

과연 일반인보다는 신속한 몸놀림! 생식기 쪽의 할라를 수련한 자들이다.

나는 다치고 지친 중원인이 어떻게 반격에 나설지 궁금했다. 넝마와 다름없지만 중원인이 입고 있는 것은 분명 도복(道服)이었기 때문이다.

두 이슬람 사내의 주먹이 중원인의 얼굴에 가까워지는 그 순간, 중원인의 통 넓은 소매 두 쪽이 허공에 유수(流水)의 흐름을 그렸다.

이슬람 사내 둘은 동시에 앞으로 휘청거리면서 중심을 잃은 듯 보였다. 그때가 중원인이 이들을 제압할 수 있는 순간이었지만, 중원인은 많이 지친 듯 초식을 자연스럽게 연계하지 못했다.

중원인이 부랴부랴 한 사내의 뒤로 돌아가 그를 앞으로 고꾸라트리는 데 성공했다.

그렇지만 빠르게 무게중심을 찾은 다른 이슬람 사내가 원숭이처럼 풀쩍 뛰어올랐다.

휘잉.

중원인의 턱을 향해 차올리는 사내의 오른발에서 바람을 가르는 소리가 났다. 그 속도의 빠르기는 물론이거니와 파괴력이 짐작할 만했다.

나디아는 짧은 비명과 함께 눈을 질끈 감아버렸고, 바로 빠악하고 큰소리가 터져 나왔다. 중원인의 몸이 허공으로 크게 떠올랐다가 바닥으로 처박혔다.

"퉤!"

중원인은 힘겹게 일어나서 바닥에 핏물을 뱉었다. 나는 후들거리는 그의 다리를 보면서 고개를 저었다. 그는 끝났다. 이슬람 사내 둘이 그를 끝내려 다가가기 시작했다.

중원인이 패색(敗色) 짙은 얼굴로 슬그머니 뒷걸음질 쳤다. 그러다 구경꾼인 다른 남자들에게 부딪쳤고, 그들은 중원인을 무대가 된 중앙으로 내몰았다.

저 사람을 도와주지 않아요? 정과 같은 곳에서 온 사람이잖아요.

나디아가 그런 눈빛으로 나를 쳐다봤다.

"동도(同道)가 아니야. 엄밀히 말하자면 적이지. 본교를 불태운 자들이 저자의 동문이니까."

나는 남자의 도복에 그려진 태극 문양을 바라보면서 중얼거렸다.

색이 바래고 일부분이 찢겨져 있지만, 분명히 태극 문양.

중원인은 동방 무림의 도가(道家) 쪽 사람이다.

흥미를 잃고 몸을 돌리려던 바로, 그때였다.

중원인의 기세가 변했다.

방어적인 태도를 일관하던 그가 먼저 몸을 날렸다. 물 찬 제비처럼 지면을 스치면서 쇄도하는 광경에 구경꾼들이 '와!' 하고 환호성을 터트렸다. 그러나 이슬람 사내 둘은 조금도 당황하지 않았다.

그러길 기다렸다는 듯이 똑같이 달리는 속도를 최고로 끌어 올렸다.

둘이 충돌한다. 그 순간 나를 붙잡았던 기이한 느낌을 눈으로 확인할 수 있었다.

중원인이 지금 내뻗고 있는 쌍장은 도가의 수법이 아니다.

중원인의 쌍장과 이슬람 사내의 공격이 맞부딪쳤다.

파앙!

"저 수법은……."

큰 파공음과 함께 중원인과 이슬람 두 사내가 뒤로 튕겨
날아갔다.

보아하니 이슬람 사내 둘은 충돌 직전에 기혈이 뒤틀려
즉사하였고, 중원인도 먼저 죽은 둘과 다를 바 없는 상태
로 간신히 숨만 붙어 있는 상태였다.

그때까지만 해도 흥미진진하게 구경만 하고 있던 병사
들이 쓰러진 이슬람 사내에게 다가갔다. 두 이슬람 사내의
눈과 코, 귀와 입 모든 구멍에서 핏물이 주르륵 흘러나온
다.

이슬람 사내의 코 밑에 집게손가락을 댄 병사가 고개를
절레절레 저었다.

그러자 다른 병사들의 얼굴이 구겨졌고, 그들은 구경꾼
들 사이에 쓰러져 있는 중원인을 향해 다가갔다. 병사들이
가만히 내버려 둬도 주화입마로 생을 마감할 중원인을 거
칠게 일으켜 세웠다.

마슈하드 주민들도 중원인을 향해 야유를 퍼붓기 시작
했다.

상황이 심각해지자 나디아가 내 팔목을 잡아끌었다.

그녀의 의도는 명백했다.

괜히 오해를 받아 화가 미칠 수 있으니 이 자리에서 벗어나자는 것이었다.

하지만 나는 나디아의 손을 떼어 놓고선 오히려 중원인을 일으켜 세운 병사들을 향해 걸어 나갔다. 사람들의 시선이 내게로 쏠렸다.

후다다닥.

황급히 뒤따라 나온 나디아가 내 옆을 지나쳤다. 먼저 병사들 앞에 도착한 그녀가 병사들에게 뭔가를 열심히 말하고 있는 사이, 사람들의 야유가 내 쪽으로까지 번졌다.

병사가 나디아에게 큰 소리를 내면서 밀어붙이는 광경이 시선에 들어왔다.

나는 뒤로 나자빠지려는 나디아를 안은 다음 중원인을 바라봤다.

반쯤 감긴 그의 시선도 나를 향하고 있었다.

이슬람 병사들이 내게 큰소리를 쳐대고 있지만, 나는 모두 무시하며 중원인을 향해 물었다.

"어떻게 본교의 무공을 익혔지?"

뭔가를 대답하려던 중원인의 고개가 앞으로 축 늘어졌다.

병사들이 나를 에워쌌다. 나디아가 당차게 큰 목소리로 열심히 설명해도 소용없었다. 병사들은 총 여섯 명. 넷은 허리에 차고 있던 시미타를 빼 들고 둘은 뒤로 빠져 이쪽을 석궁으로 겨눴다. 마슈하드 주민들의 야유 소리는 더 커지고 있었다.

겁먹고 움츠러들 법도 한데, 뭔가를 주장하는 나디아의 목소리는 오히려 더 커졌다.

나는 그런 나디아의 어깨를 한번 토닥여 준 후, 한 발자국 앞으로 나갔다.

휘이이이잉.

내 몸에서 불어나온 기풍(氣風)이 주위 모든 사람의 의복과 머리칼을 사정없이 나부끼게 만들었다.

*   *   *

애초에 구할 생각 따윈 없었거니와, 더욱이 소란을 피우면서까지 구하고 싶지 않았다. 하지만 중원인이 절체절명의 순간에 꺼낸 비장의 한 수 때문에, 나는 마슈하드 시내에서 꽤나 큰 소란을 일으켰다.

경비병뿐만 아니라 마스지드의 전사들까지 합류했고, 종국에는 특임대(特任大) 성격을 지닌 술탄의 무력 조직까지 상대했다. 그럼에도 불구하고 사상자가 많이 나오지 않은 데에는 자하라의 빠른 대처가 있었기 때문이었다.

술탄 궁전.

자하라가 내준 객실(客室) 안.

중원인은 내가 치료해 준 덕분에 안정을 되찾았다.

나는 운기행공을 하고 있는 중원인을 바라봤다. 나이는 사십 대 초반으로 보였고. 이 땅을 오랫동안 헤매고 다닌 듯했다.

마슈하드의 거지들도 지금 중원인이 입고 있는 도복보다 괜찮은 옷을 입고 있을 게다.

그나마 머리를 깔끔하게 뒤로 묶어 넘겼기에 망정이지, 그렇지 않고 너저분하게 산발하고 다녔다면 거지도 이런 상거지도 따로 없을 몰골이었을 게다.

겨우 호흡을 가다듬은 중원인이 천천히 눈을 떴다.

대화가 가능한 상태가 오기까지, 약 두 시간가량을 기다렸던 나는 퉁명스럽게 물었다.

"그걸 어떻게 익혔지?"

"……무슨 말을 하는 게요."

대답하기 전 잠깐의 틈이 있었다.

"네놈의 마지막 한 수는."

내가 말이 다 끝나기도 전에 놈이 빠르게 끼어들었다.

"구해 준 건 고맙소이다. 헌데, 이역만리 파사(波斯)에서까지 와서 정사(正邪)를 운운하시는 건 좀 그렇지 않소. 크게 봅시다. 크게."

놈은 그렇게 말하면서 화려한 실내를 두리번거렸다.

"살라딘의 궁전은 과연 명성처럼 대단, 또 대단하외다."

사방의 보석 박힌 타일들을 쫓던 녀석의 시선이 슬그머니 내 쪽으로 돌아왔다.

"나는 신위지요. 헌데 어떻게 마슈하드의 술탄과는 어떻게 아는 사이요? 그냥 술탄도 아닌, '살라딘'이라고 불리는 대단한 군주(君主)와 말이오. 잘 아는 사이라면 나와 연결 좀 시켜 주시오. 내 그렇지 않아도 술탄께 긴히 청할 게 있었소."

나는 놈이 떠벌이도록 내버려 뒀다.

"술탄과 연결시켜 줄 수 있소? 일만 잘 성사된다면, 공자께 구명 받은 은혜와 연결시켜 준 은혜까지 더해서 그 대가를 아주 똑똑히 치르겠소."

조금 전까지만 해도 사선을 넘나들었던 놈이 언제 그런 일이 있었냐는 것처럼 굴었다.

"나디아."

나디아를 불렀다. 소파에 앉아서 과일을 다듬고 있던 그녀가 고개를 들었다. 문을 닫으라는 시늉을 했고, 나디아는 그녀보다 훨씬 큰문을 끙끙거리면서 닫기 시작했다.

쿵, 하는 소리와 함께 문이 단단히 닫혔다. 신위지의 얼굴이 살짝 굳어졌다.

"하나같이 똑같군."

내가 말했다.

"에?"

"본좌를 습격했던 도적놈이 있었다."

'본좌'라는 단어에 놈의 눈이 순간적으로 번쩍 떠졌다. 하지만 놈은 금방 자신의 실수를 알아차리고는 별일 없는 척하며 내 말에 귀를 기울이는 척했다.

"귀공의 무공이 무척이나 고강한 것 같소만…… 그놈이 누군지 몰라도 참 운이 없소."

"그놈. 눈치 하나는 기가 막히게 좋은 놈이었어. 굽힐 때, 굽힐 줄 알았고 제 무공도 그리 낮지 않았지. 그게 놈이 몇 년간 이 땅에서 버틸 수 있는 있던 이유였어. 이역만리, 색목인들의 나라에서 생존하려면 그 정도 능력은 갖춰야 했던 거지."

"무슨 말씀을 하시는 게요."

"그놈 같은 경우엔 재주껏 도망쳤다. 하지만 넌 그렇지 못하겠군. 지금까지 이 땅에서 버티고 있던 재주는 인정할 만하다만, 전반적으로 네놈은 그놈보다는 한 수 아래야. 속이 뻔히 보이는구나."

"진정 무슨 말씀을 하시는 모르겠소이다."

놈은 뻔뻔하게 대답했다.

"네놈도 참 운이 없지. 아까 그 자리에서 절명하는 편이 나았을 테니까. 하필이면 '그걸' 본좌에게 보이고 말다니."

"말씀이 점점 지나치시오."

놈의 눈이 빠르게 좌우로 움직였다. 하지만 도망칠 곳이라곤 나디아가 서 있는 문 쪽뿐, 객실에는 창문이 없었다.

"아무리 귀공이 생명의 은인이라고 해도 더 이상 날 욕보인다면……."

놈이 나디아를 흘깃 쳐다보던, 그 시선을 나는 놓치지 않았다.

탓!

역시나 놈이 나디아를 향해 몸을 던졌다.

그럼 그렇지.

가볍게 뛰어 놈의 등을 찍어 눌렀다.

"커억!"

사람 발에 짓밟힌 개구리마냥, 내 발밑에서 허우적거리는 꼴이 볼썽사나울 정도였다.

놈이 빠져나올 수 있는 방법은 없었다. 저항하면 저항할수록 놈의 전신을 짓누르는 기운의 세기가 더 커질 테니말이다.

한편, 나디아는 그녀를 인질로 삼으려고 했던 신위지를 매서운 눈으로 바라보고 있었다. 그녀의 손에는 평소 허리 뒤쪽에 숨기고 다녔던 조그마한 곡도가 어느새 들려져 있었다.

놈을 가만히 바라보고 있다가, 짓누르고 있던 발을 뗐다.

바로 그 순간.

휘이익!

놈이 용수철처럼 튀어 올랐다.

놈은 지금 그가 낼 수 있는 모든 힘을 쏟아 부어야 한다는 걸 알고 있었다. 조금 전의 일로 내상(內傷)을 입었어도, 내게서 도망치려면 비장의 한 수를 단번에 꺼낼 수밖에 없었던 것이다.

놈이 아래에서 위로 쳐 올린 쌍장이 내 턱 아래쪽으로 쇄도해 들어왔다. 그 일 초 안에 열여섯 가지의 변화와 만근(萬斤)의 힘이 담겼다.

본교의 비전 중 하나인 탈혼백마장(脫魂白魔掌)의 수법이다.

놈은 결코 지지 않으리란 확신을 가진 얼굴이었다. 내가 그보다 무공이 월등히 뛰어나다 하더라도, 이 한 수만큼은 절대 피할 수 없을 거란 자신감에서 오는 것이었다.

일반적인 경우라면 그게 맞다.

"어, 어떻게……."

내가 간단하게 뻗은 손동작 한 번에 놈의 일 초식은 허무할 정도로 쉽게 파훼되고 말았다. 나는 양손의 엄지손가락으로 놈의 양어깨를 지그 눌렀다.

놈은 죽은피를 울컥 토해내면서 그대로 주저앉고 말았다.

"목숨을 살려 주고, 어찌 다시 빼앗으시오."

"탈혼백마장은 어디서 얻었느냐?"

"……도주하던 마교도를 돕다 얻게 되었소."

거짓말.

"진실을 토설시키는데 쉬운 방법이 있다. 너는 본좌가 저 소저를 밖으로 내보내길 바라는 것 같구나."

"당신이 무슨 짓을 하는지 아시오? 비급은 당신들의 교주께서 친히 내게 주신 것이오. 당신이 나를 이렇게 핍박하고 있다는 걸 당신의 교주께서 아신다면, 분명 엄청나게 진노하실 게요!"

"교주?"

"혈마교주 말이오. 혈마교주. 당신이 찾고 있는 게 그분이라면. 날, 날 풀어주시오."

"잘못 짚었다."

그렇게 말한 다음 나디아에게 밖으로 나가 있으라는 눈빛을 보냈다.

나디아가 다시 문을 열려는 바로 그때, 신위지가 이쪽 말로 나디아에게 크게 외쳤다. 아마도 나가지 말라는 뜻인 것 같았다. 하지만 나디아는 그 외침에 조금도 반응하지 않고 객실 밖으로 나가 버렸다.

이제 실내에 남은 사람은 나와 신위지. 이렇게 단둘만 남았다.

놈의 어깨를 누르고 있는 엄지손가락에 약간의 공력을 더 실었다. 놈이 전기에 감염된 것처럼 몸을 부르르 떨면서 눈을 뒤집어 깠다. 그쯤에서 다시 힘을 풀었다.

"엄살 피우지 마라. 시작도 안 했으니까."

"대, 대답하겠소! 모두 토설하겠소. 맞소. 맞소. 탄혼백마장의 비급은 혈마교주께서 내린 게 아니오. 비급은……."

나는 놈의 입을 막았다.

"구주일일(九州日日)과는 무슨 사이냐?"

살기를 일으키며 물었다.

구주일일.

본교가 수백 년 동안 이룩하고 모은, 혈서당의 비급과 보연당의 모든 보물들을 빼돌린 자가 그 무명(武名)을 쓴다

하였다.

"당, 당신이야말로 정체가 뭐요?"

본교의 비급은 둘로 나누어 천서당과 혈서당에 나누어
보관한다.

천서당에 있는 비급들은 천하를 종횡무진 할 수 있는 절
세의 무공이거나 요술이라고도 할 수 있을 만큼 기이한 술
법과 진법이다.

그렇다고 혈서당의 무공 비급들이 질이 낮은 것이냐면,
또 그것은 아니다.

혈서당 안에서도 무공 비급을 다섯 가지로 나누는데, 그
중 최상급의 무공 비급들 같은 경우엔 본교의 사귀사마팔
단의 단주급 이상이 주력으로 삼아 익힐 만큼 상승 무공이
담겨져 있다.

사실 천서고의 무공은 오로지 교주 안으로 봉인되어 있
기 때문에, 외부에서 본교의 비전이라 칭해지는 것은 모두
혈서당의 최상급 무공들이었다.

신위지 놈이 익힌 탈혼백마장이 바로, 그 몇 안 되는 본
교의 비전 중 하나였다.

"……."

신위지는 '구주일일'이라는 이름이 내 입에서 흘러나

오는 순간부터 입을 완전히 다물어 버렸다.

"소문과는 다르게 교지에서 빠져나온 지 꽤 오래됐었나 보군. 설마 네놈이 구주일일은 아니겠지?"

"그것만은 아니오."

놈의 입이 의외로 쉽게 열렸다.

"헌데 네놈이 어떻게 탈혼백마장을 익혔느냐?"

다시 대답이 없다. 뿐만 아니라 놈은 더 이상은 대답하지 않겠다는 의지로 눈을 감기까지 했다.

"하고 싶은 말만 한다는 것이냐. 분근착골만은 하지 않으려 했거늘."

착!

놈의 어깨에 엄지로만 누르고 있던 것을 손 전체로 바꿔 쥐었다.

분근착골은 사람을 죽이는 것보다 더한 고문법이라서 피하고 싶은 게 사실이었다.

"본좌의 분근착골은 삼급으로 나뉜다. 그동안 네놈이 들던 분근착골은 본좌의 분근착골 중 가장 하급에 불과하다. 물론 그것만으로도 사지를 쓰지 못하는 불구가 된다만. 분근착골의 묘미는 거기에서 오는 고통이 아니더냐."

놈의 눈 감은 얼굴에서 미간이 움찔거렸다.

"네놈이 탈혼백마장 뿐만이 아니라, 탈혼심법까지 익힌

덕분에 이급의 분근착골도 감당할 수 있을 것 같구나."

본교의 비급이 세외로 모두 빠져나가 버린다면, 그 문제는 본교를 수복한다 한들 걷잡을 수 없을 만큼 더 커져 해결할 수 없을 문제로 다가올 게 분명 했다.

비록 본교가 비단길이라 불리는 교역로를 장악해서 세력을 유지한다 하지만, 본교의 뿌리가 무(武)에 있다는 것은 부정할 수 없는 사실이다.

그래서 가볍게 넘어갈 수 없는 일이었다.

극악스러운 고문을 해서라도 본교의 비급과 재화를 모두 빼돌린 구주일일의 행방을 알아내야만 한다고 생각했다.

"지금쯤이면 네놈도 본좌가 누구인지 눈치챘을 것이다. 어디 한번 본 교주의 분근착골을 견뎌 보거라. 산채로 삶아지는 것 이상의 고통이 따를 것이니."

손에 힘을 주려는 그때.

놈이 파르르 몸을 떨면서 나를 올려다봤다.

"교주. 제발 살려 주십시오. 바로 제가 구주일일입니다."

제8장

8만 8천개의 별

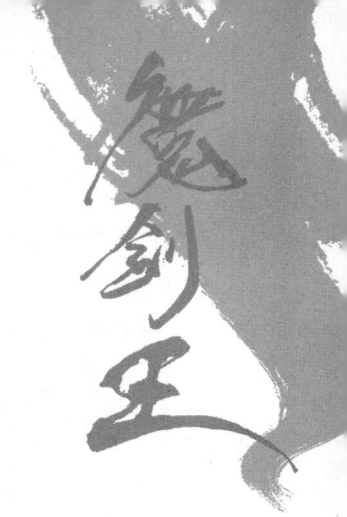

"본교의 비급과 보물들은 어찌하였느냐?"

놈은 대답 대신 품 안에서 한 뼘 정도 크기의 가죽을 꺼냈다. 소가죽에 먹물로 새겨 넣은 그것은 어느 한 지역의 지도 일부분이었다.

이 한 장으로는 지도의 지역을 추측할 수 없다. 보아하니 이것 말고도 몇 장이 더 있어야 온전한 지도 하나를 이룰 수 있어 보였다.

"웬 지도냐."

"혈마교의 비급들을 둔 곳입니다. 지도는 모두 다섯 장으로 되어 있는데, 제가 가지고 있는 것은 그것 한 장과……."

그러면서 놈이 두 권의 비급, 탈혼백마장과 탈혼심법을
꺼내 놓았다.

어처구니가 없어서 크큭, 하고 웃었다. 구주일일은 억울
한 표정과 함께 더 이상은 가진 게 없다는 듯이 냄새나는
소매를 펄럭거려 보였다.

"비급을 감춰두었다?"

"예."

"본교의 재화들은 쏙 빼놓고 얘기하는구나."

비급도 비급이지만, 본교의 보물들은 본교가 심혈을 기
울여 수백 년간 축재한 것이니만큼 그 양과 종류가 천문학
적에 이를 만큼 엄청났다.

다섯 개의 대실(大室)로 이루어진 보연당의 방 하나만 봐
도, 그 큰방이 황금으로 가득 차 있었다. 잉카의 황금 전설
이 부럽지 않을 정도로 말이다.

"……?"

"보연당의 보물들 말이다. 네놈은 지금 무공 비급만을
얘기하고 있지 않느냐."

그제야 구주일일의 입이 '아,' 하고 살짝 벌어졌다.

"혈마교의 보고(寶庫)는 텅 비어 있었습니다."

"무슨 소리. 모두가 다 너희들이 수레에 보물을 나눠 실

었다, 하였다."

"소문이 와전된 것뿐입니다. 마참대가 천서고와 보연당을 찾았을 당시, 보연당은 텅 비어 있었고 천서고의 비급들도 반 이상이 사라지고 없었습니다."

역시 구주일일도 혈서당을 천서고라 오인하고 있었다. 다행히 그 덕에 천서고를 찾는 작업을 중단한 것 같은데, 천서고는 지금은 불타 없어진 지존천실의 지하에 있는 비밀 공간에 숨겨져 있다.

천서고가 무사한지는 나중에 확인하기로 하고.

"진정 분근착골을 바라는 것이냐?"

다시 위압적인 음성을 토했다.

"……그렇다 하여도 제 입에서 나오는 말은 달라지지 않을 것입니다. 교주."

놈은 절박했다.

"보연당이 텅 비어 있었다?"

"예. 혈마장로가 서역으로 도주하면서 그것을 가만두었겠습니까."

생각해 보면 맞는 말이다. 지금껏 그 점이 의아하긴 했었다.

그러던 문득.

정마교주가 했던 말이 떠올랐다.

"혈마교의 이 장로는 과연 셈에 밝더이다. 혈마교에
서 가지고 나온 모든 재물을 내려놓고 목숨을 애걸하였
소."

얼굴이 와락 구겨졌다.
그때는 단지 나를 압박하기 위해 한 말이라 대수롭지 않
게 넘겼던 그 말이, 톤 급의 해머가 되어 뒤통수를 때려왔
다.
그렇다면 구주일일의 말이 아귀가 맞는다.
흑웅혈마는 페르시아만으로 십시 주민들을 이끌고 피난
길에 올랐을 때, 본교의 보물들을 모두 챙겨갔던 것이다.
그렇게 동방 무림의 손으로부터 본교의 보물을 지켜냈지
만, 정마교주로부터는 그리하지 못했던 모양이다.
거기에서 생각을 멈추고 탈혼심법이 담긴 비급을 집어
들었다.
그 비급을 흔들어 보이며 말했다.
"하면 이것들은?"
"소문대로 천서고는 방대했습니다. 그래서 그 혈마장로
또한 그 많은 장서와 비급들을 전부 가져갈 수 없었던 것
같았습니다. 저희들은 원래 천서고에 있던 비급과 장서의

반절 정도가 남아 있는 거라고, 추정했습니다. 그래도 그 양이 상당하였고…….."

놈은 살짝 눈썹을 찌푸리며 말을 멈췄다.

"본좌가 궁금한 건 남은 장서와 비급들을 모두 어디에 두었냐는 것뿐이다. 잡설은 거둬라."

"교주께 이 말씀만은 드리겠습니다. 저는 교주의 비급을 건든 업보로 이런 꼴이 되었습니다. 비급과 장서들을 옮기면서 저와 제 제자들은 천하 무림의 공적(公敵)과 다름없어져 버렸죠."

"그건 또 무슨 말이냐."

"사파 무림이야 종주(宗主)인 혈마교의 비급이 탐이 나겠지만."

"동방 무림인들까지 너희들을 노렸다는 말인가? 그렇다 해도 이미 본교의 심법을 건든 네놈이 할 말은 아닌 것 같군."

"……."

삼황은 본교의 비급을 중원까지 옮기는 막중한 임무를 맡길 사람을 택할 때, 무척이나 심사숙고하였을 것이다.

거기서 뽑힌 자가 구주일일과 그의 제자들.

그 사실인 즉, 구주일일과 그의 제자들이 기재(奇才)일뿐만 아니라 뛰어난 무공을 지녔다는 것을 반증하는 것인데 지금 구주일일의 무공은 일류에 미치지 못했다.

나는 구주일일의 역류하던 기혈을 치료하던 중에 그 이유를 발견했다.

"네놈이 본래 익혔던 심법의 기운과 탈혼심법의 기운. 그 두 개의 기운이 융화시킬 수 있을 거라 생각했다니. 얼마나 어리석은가. 네놈이 천재라도 되는 줄 알았더냐?"

"교주께 뭐라 변명이라도 하고 싶지만. 꼴이 딱 이래…… 드릴 말씀이 없습니다."

아마도 놈은 본인의 자질에 자신이 있었을 것이다. 그렇지 않고서야 음과 양처럼 성향이 완전히 다른 심법을 연공(鍊功)할 수는 없었다.

"지금은 본좌의 기운으로 충돌하는 두 기운을 억누른 상태지만 조마간 다시 발발하게 될 게다. 무수히 겪어온 일이니 알고 있겠지."

두 기운이 충돌하면서 오장육부에 상처를 입는 것뿐만이 아니라, 단전의 크기도 줄어든다. 그런 과정이 계속 반복되면서 놈의 내공은 절정의 수준에서 일류에도 못 미치는 수준으로 떨어졌을 것이다.

거기서 다가 아니다. 앞으로 모든 내공이 사라질 때까지 그 과정이 계속될 것이며, 그때가 되면 온 장기가 더 이상의 손상을 버티지 못하고 죽음에 이르게 된다.

"감히 염치없지만, 무슨 수가 없겠습니까."

내가 대답 없이 가만히 쳐다보자, 놈의 어깨가 축 처지며 고개도 떨어졌다.

무림인이라는 자가 점점 내공을 상실하다가 죽음을 이르게 된다니.

그런데 한 가지 걸리는 게 있었다.

탈혼심법이 담긴 비급을 펼쳤다. 빠르게 책장을 넘기던 속도가 급격히 줄었다. 나는 다시 앞장으로 돌아가 유심히 살펴본 후, 한 장 한 장 천천히 넘겼다.

물론 탈혼심법을 익힌 적은 없다. 그렇다 해도 본교의 무공들은 일통(一統)되는 맥(脈)이 있어 진위여부를 판가름할 수 있는데…….

역시!

이건 중요 구절만 교묘하게 바꿔놓은 '가짜'라는 판단이 섰다.

비급에 나온 구절대로 운기를 하자, 아니나 다를까 정상적이라면 분수처럼 정수리까지 빠르게 상승해야만 했던 기운이, 가슴 언저리에서 힘을 잃고 중단전 부근으로 흩어지는 양이 상당해졌다.

분명히 잘못된 것이지만 그 느낌은 흡사 중단전에 내공이 배양되는 듯하여, 구주일일은 수련을 그만둘 수 없었을 것이다.

정말 구주일일이 무공에 자질이 뛰어난 천재였다면, 그리고 탈혼심법이 제대로 된 진짜였다면, 놈은 무리 없이 탈혼심법을 제 것으로 만들 수 있었으리라.

하지만 애초에 탈혼심법부터가 몇 구절을 교묘하게 바꿔 놓은 가짜였다.

터져 나오려는 웃음을 간신히 참으며 심각한 표정으로 얼굴을 꾸몄다.

"본산에서 귀중히 보관되어야 할 비급이 이리 먼 땅에서까지 나도는 것을 보니…… 내 차마…… 죽어서 전대 교주분들을 뵐 자신이 없다."

그러면서 탈혼백마장이 담긴 비급으로 관심을 돌렸다.

심상(心狀) 속에서 가짜 탈혼심법의 구절로 운기를 하면서, 탈혼백마장을 펼쳐 보았다.

일 초에 열여섯 가지의 변화와 만근(萬斤)의 힘이 담겨 있는 것은 맞다. 하지만 마지막 절초인 육 초식에 이르러 가짜 탈혼심법이 감춰 두고 있던 비수가 시퍼런 칼날을 드러냈다.

오 초식에서 육 초식 분광단혼(分光斷魂)으로 넘어가는 그 지점에서, 매가리 없이 가슴에 흐릿하게 머물던 탈혼심법의 기운이 갑자기 머리로 치솟는다. 너무 급격히 일어났을 뿐만 아니라, 그 속도가 통제할 수 없을 정도로 엄청났다.

심상 속의 나는 십이양공의 십일성 기운으로 간신히 그것을 짓눌렀지만, 화마(火魔)를 피하기 위해선 몇 시간의 운기행공이 필요하게 되었다.

심지어 나조차도 그런데 다른 이들이 이 무공을 익힌다면?

"과연 본교의 탈혼백마장은 뛰어나다. 헌데 네놈은 아직 마지막 절초를 익히지 못했구나. 놈! 고개를 들어라."

구주일일이 마지막 절초까지 익혔다면 지금 이렇게 살아 있을 수는 절대 없다.

내 말에 놈의 고개가 천천히 들렸다.

"생각만 해도 끔찍하지 않느냐. 이리 대단한 본교의 비전이 동방 무림으로 흘러간다면……."

"그래서 비급을 감추고 지도마저도 다섯 개로 나누어 제자들과 나눠 가진 것입니다."

가짜 비급을 진짜처럼 교묘하게 만들어 혈서당에 남겨 놓은 자는 흑웅혈마밖에 없다. 그리고 진짜 비급들은 흑웅혈마가 피난길에 오르면서 가지고 갔을 것이다.

그래서 안타까웠다.

이놈의 쓸데없는 짓에 흑웅혈마의 계책에 차질이 생긴

것이다.

만일 흑웅혈마의 계획대로 가짜 비급들이 중원에 퍼졌다면……

"여기에 지도가 하나 있고, 나머지 네 장은 제자들이 나누어 가지고 있다?"

"예."

"그것들은 어디에 있느냐."

"모릅니다."

"놈! 암습을 피한 후에 다 함께 모이기로 한 자리가 있을 것 아니더냐. 그래서 지도를 나누어 가진 게 아니냐."

나는 놈의 얼굴 위로 스치고 지나간 당황한 감정을 놓치지 않았다.

"위치를 말씀드리면…… 교주께서는 저를 살려 주지 않을 게 아닙니까."

"본 교주와 감히 거래를 하자는 것이냐? 그런데 네놈도 참 비정한 스승이구나. 제자들의 목숨까지 두고 거래를 하자니."

꿀꺽.

놈의 성대 크게 출렁였다.

"본좌가 자리를 비운 사이에 본산이 불탔고 교도들을 뿔뿔이 흩어졌다. 그뿐이랴. 본교의 비전들까지 네놈 같은 것의 손에 휘둘리고 있는 상황이니…… 크큭. 다들 본좌에게 거래를 하자는구나? 오냐. 좋다. 조건이 무엇이냐."

"교주께서 천의에게 의술을 전수받았다는 풍문이 있습니다."

"그렇다."

"하면 교주께서 소인을 치료해 주시고, 그다음에 소인을 자유로이 놓아 주십시오. 그리하면 제자들과 만나기로 한 위치를 알려 드리겠습니다."

"네놈이 간과하는 게 있다."

"말씀하십시오."

"무림 전체가 네놈 제자들을 쫓고 있을 텐데, 지금도 네놈 제자들이 무사하리란 법이 있을까. 지도가 다른 놈들에게 넘어갔을 경우가 있다."

"그, 그건……."

"본 교주도 네놈 제자들이 아직까지 무사하길 바란다. 그래야 쉽게 본교의 비전을 되찾을 수 있을 것 아니냐."

"예."

"내 직접 네놈을 치료해 보겠다."

놈의 안색이 대번에 밝아졌다.

"허나! 생각 같아선 본좌가 직접 네놈 제자들까지 만나 모두 요절내고 지도를 거둬들이고 싶지만, 본좌에게는 더 시급한 일이 있다. 지도를 모아올 일을 대신해 줄 사람이 필요하니. 바로 네놈이 그 일을 맡아야 할 것이다."

그건 구주일일이 바랄 수 있는 가장 최상의 조건이자 엄청난 기회였다.

내상도 고치고, 제자도 구할 수 있을 뿐만 아니라 본교의 비전들까지 취해 달아날 수가 있는, 몇 번을 다시 태어난다 해도 다시 오질 않을 기회!

놈은 간신히 표정을 관리하고 있었다.

"할 수 있겠느냐?"

놈은 기쁜 내색을 끝까지 하지 않고, 겸허하게 받아들이는 척했다.

그러면서 속으로는 제자들과 함께 본교의 비전들을 가지고 도망칠 생각을 하고 있겠지만.

그것이야말로 내가 바라는 일이었다.

*　　　*　　　*

—저자가 당신이 말한 그자인가?

자하라의 시선을 받은 구주일일은 자하라에게 허리를 숙이며 주먹을 포갰다.

제 딴에는 공손한 자세로 자하라에게 군주의 예를 갖추

겠다는 것인데, 놈을 향한 자하라의 불쾌한 표정을 바꾸지
는 못했다. 놈 때문에 그녀의 도시 한복판에서 큰 소동이
일어났으니 그런 자하라의 반응은 지극히 당연하다고 생각
했다.

구주일일은 그에게 좋지 않은 분위기를 읽었던 모양이
다. 서투른 이쪽 나라 말로 자하라에게 뭔가를 말하기 시작
했다. 자하라의 환심을 사려고 노력하는 것 같지만 그래도
자하라의 표정은 풀어지지 않았다.

놈의 말이 길어질수록 자하라의 눈매가 더 차갑게 변해
갔다.

—가까이 두고 싶지 않은 자다. 되도록 빨리 내 궁전에
서 쫓아 버리고 싶다. 이 아름다운 보르다산 카펫에 저자의
악취가 배기 전에.

놈이 무슨 말을 했는지는 알 수 없으나, 자하라의 마음
은 완전히 돌아서버렸다.

자하라가 구주일일에게 위압적인 어조로 짧게 쏘아붙였
다. 그렇게 둘의 대화는 구주일일이 뒤로 물러나서 가만히
고개를 숙이는 것으로 끝이 났다. 나와 자하라는 구주일일
만 객실에 내버려 두고 문밖으로 나왔다.

아라베스크 문양의 타일들이 휘황찬란하게 박혀 있는 긴
복도가 눈앞에 펼쳐졌다.

다른 방으로 통하는 뾰족 아치형의 문들 앞에는 터번을 쓴 술탄의 병사들이 창을 움켜쥔 채 서 있었다. 눈 한 번 깜박거리지 않을뿐더러 조금의 미동도 없었다. 마치 병정인형을 세워 둔 듯하다.

"놈이 뭐라고 하던가?"

—저자가 당신의 붉은 사막을 빼앗은 자들 중에 하나라고 하였지?

"맞아."

—그런데 당신은 왜 저자를 치료해 주려 하는가?

"그건 본교의 사정이니 네가 알 필요까진 없다."

내 말에 살라딘은 알 듯 모를 듯한 눈웃음을 지었다.

—저자는 당신을 배신할 것이다.

"내가 이쪽 말을 모른다고, 놈이 도박을 한 모양이군. 나를 처리하면 당신에게 본교의 보물과 비급이 있는 곳을 알려 주겠다 하던가?"

—그런 생각을 품고 있기는 하였다. 그러나 그건 당신이 저자를 치료해 준 뒤의 계획이지, 지금 말한 건 아니었다.

"그럴 테지."

놈의 심정이 어떨지 모르는 게 아니다.

놈의 입장에선 숙원(宿怨)이 되어 버린 체내의 이상 현상이 사라지고 나면, 혈마교주라는 또 다른 큰 문제와 당면

하게 된다.

놈은 이번 거래로 본신의 무공을 되찾을 뿐만 아니라 혈
마교의 비전들까지 모조리 취할 수 있게 된다. 하지만 그렇
게 나를 배신하면 내가 원귀처럼 죽을 때까지 쫓아다닐 게
분명하고, 평생을 삼황의 비호 아래 숨어 지내는 것 말고는
답이 없다는 생각이 들었을 것이다.

그래서 놈이 나를 막을 대안으로 찾은 게 자하라였던 것
같다.

"내가 부탁했던 일은?"

─그자가 당신에게 했던 말들은 사실이었다. 그자는 당
신의 보물들을 당신의 수하가 가져갔을 거라 확신하고 있
었다.

"그리고?"

─당신의 무술서들이 어디에 감춰져 있는지 모른다는 것
도 사실이며, 그것들이 감춰진 곳의 지도가 다섯 장으로 나
누어져 있다는 것도 사실이다. 그자가 한 거짓은 오로지 당
신과의 약속을 지키겠다는 것뿐. 몸이 낫는 대로 있지도 않
은 보물들을 들먹이면서 당신을 제거할 거래를 내게 제안
할 것이다.

자하라가 눈빛이 천천히 바뀌었다. 나를 음흉하다는 듯
이 바라보기 시작했다.

"역시. 너와 마주하는 건 언제나 불편해. 벌써 내 생각이 읽힌 모양이지?"

—정작 속고 있는 건 당신이 아니라 그자가 아닌가? 가짜 무술서인지도 모르고.

자하라는 깔깔거리며 조그맣게 웃었다.

치료가 끝날 때까지 아무도 방 안으로 들이지 말라고 신신당부를 해 놓고선 다시 객실로 들어왔다. 내 눈빛을 받은 나디아는 자연스럽게 밖으로 나갔고, 그 빈자리로 구주일일이 다가왔다.

"제가 살라딘의 심기를 상하게 하였습니까?"

"네놈 때문에 도시에서 큰 소동이 일어났었다. 하면 네놈을 보며 웃어 줘야 할까?"

"내공을 되찾기만 한다면……."

"사설은 집어치우고 중앙에 가서 앉거라. 치료를 시작할 것이다."

"아!"

구주일일은 기쁨을 주체 못해 몸을 부르르 떨었다. 그러고는 그 짧은 시간에 내 마음이 바뀌는 게 염려된 것인지, 넓은 카펫 중앙에 재빨리 자리를 잡고 가부좌를 틀었다.

"네놈이 본래 익혔던 심법은 무엇이냐?"

놈의 뒤에 앉아 두 손바닥을 댔다.

"태허공(太虛功)입니다."

"태허공의 구절대로 운기하거라."

놈의 단전에서 올라오는 기운이 느껴진다.

태허공의 가르침에 따라 움직이는 기운들의 이동 경로가 내 몸 안의 것처럼 훤히 보이기 시작했다. 내가 그의 내부를 완전히 꿰뚫어 보고 있는 것을 모를 리가 없을 텐데도, 놈은 내가 말했던 대로 고스란히 따랐다.

몸이 낫기만 한다면 태허공이 내게 알려져도 상관이 없다고 생각하는 것이었다.

"크음……."

태허공의 기운이 양 젖꼭지 사이의 전중혈 부근으로 올라가던 그때, 그곳에 머물러 있던 탈혼심법의 기운이 태허공의 기운의 움직임을 방해하고 나섰다.

여기서 억지로 태허공의 기운에 세기를 가한다면 탈혼심법의 기운도 자연스럽게 더 크게 반응하여, 종국에는 큰 충돌로 이어지게 된다.

"네놈은 중단전을 열었다 생각하였겠지?"

"아…….아닙니까?"

놈이 힘들어하면서 대답했다.

"두 기운을 어떻게 융화시킬지는 네놈 머릿속에 있었겠

지. 탈혼심법으로 중단전을 열었다면 네놈의 계획이 성공했을지도 모른다만. 탈혼심법의 기운이 단지 그곳에 머물러만 있는 것이지 배양되고 있는 것은 아니다. 그 차이를 모르진 않겠지?"

"교주의 가르침은 중단전이 열린 것처럼 느껴지는 것뿐이지, 실상은 아니라는 말씀이 아닙니까."

"맞다."

"하면 어떻게 해야 합니까."

"소주천을 끝내거라."

놈의 물음을 무시하며 말했다. 소주천을 제대로 마치지 못하면 내상으로 이어지는 법! 나는 태허공의 기운이 전중혈을 지나칠 수가 없는데, 소주천을 어떻게 마칠지가 궁금했다.

놈이 택한 방법은 탈혼심법의 똑같이 반응하는 특징을 이용하는 것이었다.

알기 쉽게 설명하자면 통으로 된 하나의 기운을 갈기갈기 여러 조각으로 찢으면, 탈혼심법의 기운도 똑같이 반응하여 여러 조각으로 나뉘며 태허공의 기운을 막아선다. 서로가 여러 조각으로 나뉜 만큼 빈 공간이 있을 수밖에 없고, 구주일일은 그 공간으로 탈혼심법의 기운을 밀어 넣었다.

개중에 통과한 것도 있는 반면에, 탈혼심법과 부딪치며 상쇄된 것도 있었다.

그렇게 놈이 소주천을 마치고 나자 나는 놈의 내공이 미약하나마 줄어 있는 것을 확인할 수 있었다.

소주천을 단 한 번 했을 뿐인데 놈은 땀을 비 오듯이 흘렸다. 방금 전에 놈이 한 짓이 기를 쌓는 수련이 아니라, 내전(內戰)을 한바탕 치른 것이나 마찬가지였기 때문이다.

"이번에는 탈혼심법."

"예……."

시작은 하단전에부터 시작한다. 놈은 그간 태허공으로 쌓아뒀던 기운을 탈혼심법의 구절대로 움직였다. 다만 이번에는 소주천이 원활하게 이뤄졌다. 태허공의 방식대로 했다면 전중혈에서 탈혼심법의 기운에 방해를 받았겠지만 이번에는 그런 게 없었다. 하지만 문제는 여전히 남아 있었다.

"크크큭."

나는 흑천마검처럼 웃었다.

"계속하거라."

"……."

"내 확인할 것이 있다. 계속 탈혼심법의 구절대로 운기하거라."

꽤 적지 않은 시간이 지난 뒤였다. 나는 놈에게 그칠 것을 명했다.

"어떻습니까?"

놈의 목소리는 조금 개운해져 있었다.

"여전히 중단전이 열렸고 조금 전의 수련으로 축기(蓄氣)가 되었다, 그리 생각하고 있지 않느냐?"

"……."

"중단전은 열리지 않았다. 그럼에도 불구하고 중단전에 축기를 한 듯한 느낌이 드는 것은, 태허공으로 하단전에 쌓은 기운 일부가 전중혈에 머물러 있는 탈혼심법의 기운으로 스며들었기 때문이다."

엉뚱한 곳에 머물러 있는 기운에 본연의 기운을 빼앗긴 꼴이다.

"하단전의 기운이 점점 비는 것은 태허공의 구절대로 운기할 때뿐만이 아니다. 탈혼심법의 구절대로 운기했을 때도 하단전의 기운이 엉뚱한 곳으로 이전되는 것이었다. 그런데 그 양이 두 기운끼리 충돌했을 때보다는 비교적 적어 네놈이 알아차리지 못한 것이다. 멍청한 놈."

"하, 하면 어떻게 해야 합니까."

놈이 심각성을 제대로 깨닫고선 나를 돌아보며 물었다.

놈의 얼굴이 사색이 되어 있었다.

"태허공을 수련하면 내공이 눈에 띄게 상실되면서 내상이 쌓여 간다. 그러다 종국에 죽을 것이다. 그렇다고 탈혼심법을 수련하면 하단전의 기운이 엉뚱한 곳으로만 몰리니, 그 또한 종국에 큰 화로 돌아와 네놈을 죽일 것이다."

"살려 주십시오."

"내공 수련을 멈춰도 간헐적으로 두 기운이 발작해서 널 죽일 것이다. 어떤 수를 써도 네놈은 죽을 운명이다."

"교주께서 계시…… 지 않습니까."

"그게 네놈이 천운을 타고났다는 것이다. 당장 베어 죽여도 시원찮을 것을 내 이리 살려 주다니."

"감사합니다. 감사합니다."

"살고 싶으냐?"

"예. 살려만 주십시오."

"하단전에 머물러 있는 태허공 기운을 강제로 탈혼심법의 기운으로 옮길 것이다. 그런 다음 둘을 똑같이 만들어 충돌시키면."

놈의 놀란 눈이 주먹만큼 커졌다. 그리하면 놈의 내공이 모조리 사라지기 때문이었다.

"내상은 본 교주의 공력으로 막아 주겠다. 비록 내공은 잃겠지만 목숨은 구할 수 있을 것이다."

무림인이 내공을 잃는다는 것은…….

안 돼!

경악으로 일그러진 놈의 얼굴이 목소리보다도 먼저 감정을 드러냈다.

내가 놈의 등 쪽으로 기운을 일으키자, 뻐히 열리려던 놈의 입이 닫히면서 컥 소리를 냈다.

놈은 바들바들 떨면서 내게 저항하려고 하였지만 놈이 할 수 있는 것은 아무것도 없었다. 이미 내가 태허공과 가짜 탈혼심법의 운기 방식을 모조리 습득한 후였다.

강제로 놈의 하단전에 있던 기운들을 탈혼심법의 운기 방식대로 운기시켰다. 거기에 내 기운을 속도를 끌어 올리는 촉매로 써서, 몇 달은 걸렸을 시간을 단 한 시간으로 단축시켰다.

놈의 하단전에 있는 태허공의 기운과 탈혼심법의 기운이 동일해졌다.

놈은 제 몸으로 들어온 강력한 기운들이 제 기운들을 마음대로 움직여 대는 통에 정신이 없었다. 약을 한 이처럼 눈빛이 몽롱해졌다.

"흡!"

놈의 하단전에 있던 기운들을 태허공의 방식대로 끌어올리는 순간, 놈이 놀란 숨을 들이켰다.

이윽고 하단전에서 올라간 태허공의 기운과 전중혈에 머

물러 있던 기운이 강하게 충돌했다.

"악!"

놈의 외마디 비명이 터져 나왔다.

두 기운은 서로 동등한 힘을 가진 만큼 격렬하게 싸우기 시작하다. 어느 한쪽 밀리는 것 없이 동일한 속도와 양으로 서로를 죽여 나간다. 놈의 비명이 더 커지는 것은 물론이거니와 놈은 금방이라도 자지러질 것처럼 온몸을 파르르 떨었다.

얼마나 지났을까.

쥐꼬리만큼 남은 두 기운이 장렬히 산화했다.

더 이상 놈에게 남은 내공은 없었다. 놈이 가진 기운은 태어나면서 가지고 태어난 선천진기 뿐이었다.

치료는 거기서 끝이 났어야 했다.

그런데 처음으로 돌아간 인간의 신체는 본연의 우주(宇宙)와 같아서, 나는 놈의 내부를 넋을 잃고 바라봤다. 그 광활한 우주를 계속 탐구하고 있노라면, 우리 인간이 그토록 찾고자 하는 진리(眞理)가 잡힐 것만 같았다.

나를 잊었다.

시간을 잊었다.

공간을 잊었다.

어느새 나는 어둠으로만 가득 찬 미지의 세계 안에서 짙은 녹색 빛을 따라 흘러가고 있었다. 시야가 더 높고 넓게 변했다.

내가 흐르고 있는 녹색 빛은 이루 헤아릴 수 없이 많은 갈래 중의 하나였다. 온 우주가 어지러울 정도로 복잡하게 펼쳐진 녹색 줄기로 가득 차 있었다. 줄기 사이사이에 보석처럼 박힌 수만 개의 별들이 찬란한 녹색 빛을 번쩍이고 있었다.

하나, 둘 셋, 나는 수를 세고 있었다.

그리고 마지막 8만 8천 번째 별을 세는 그 순간. 의생 시절 수없이 공부하였던 인체 해부도가 딱, 하니 나타났다!

기연과 깨달음은 뜻밖의 순간에 찾아온다 했던가……

해부도 위에는 8만 8천 개의 녹색 점이 반짝이고 있었으며, 나는 그것들이 자하라의 힘의 원천인 '할라' 라는 것을 깨달았다.